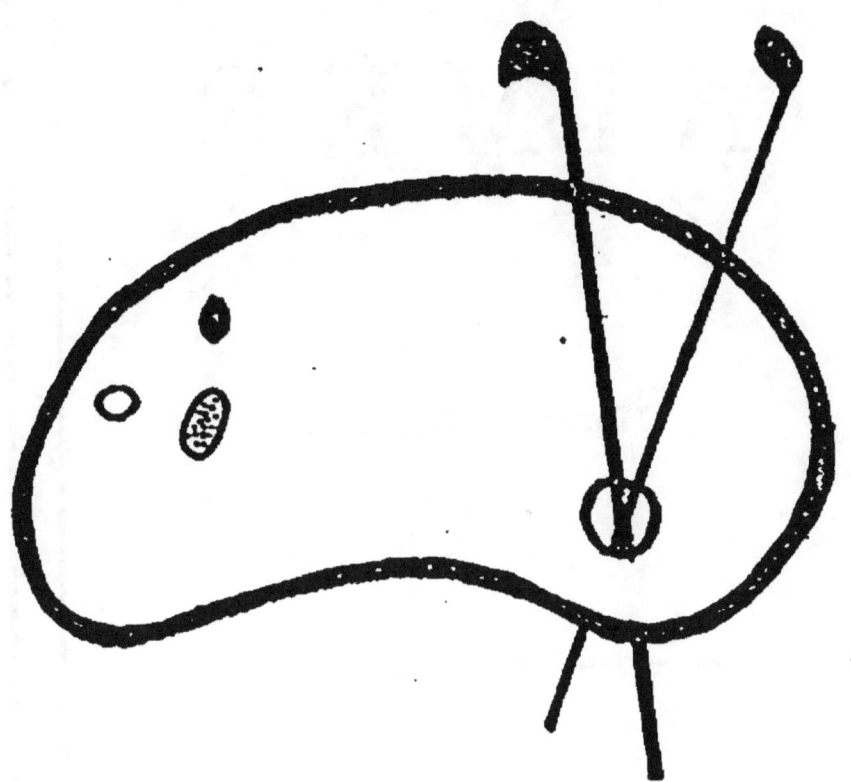

COUVERTURE SUPERIEURE ET INFERIEURE
EN COULEUR

AIMÉE

PAR

Henri de CROIZY

H. OUDIN FRÈRES, LIBRAIRES-ÉDITEURS.

POITIERS
RUE DE L'ÉPERON, 4.

PARIS
RUE BONAPARTE, 68.

1876

AIMÉE

AIMÉE

PAR

Henri de CROIZY.

IMPRIMERIE DE HENRI OUDIN

H. OUDIN FRÈRES, SUCCESSEURS

POITIERS, | PARIS,
RUE DE L'ÉPERON, 4. | RUE BONAPARTE, 68.

1876

A Mme BLANCHE DE BOLLEMONT.

AIMÉE.

ÉTUDE DE CARACTÈRES.

———◆◆◆———

CHAPITRE Ier.

D'un pas grave et d'un œil inquisiteur, une
femme parcourait le riche appartement d'une
maison moderne, dont les hautes fenêtres cin-
trées laissaient apercevoir les pelouses, les pièces d'eau et les massifs d'un magnifique jardin.
Elle avait déjà passé en revue tout le rez-de-
chaussée, et s'apprêtait à monter au premier,
lorsque, posant le pied sur l'escalier, elle s'arrêta indignée.

— Qu'est-ce que cela? grand Dieu! dit-elle;
fi! n'a-t-on point de honte de souiller cette
belle mosaïque au contact d'une sale et ignoble
chaussure!

— Madame, ce sont les sabots de Monsieur;

1

s'empressa de répondre une malicieuse camériste qui accompagnait la maîtresse dans sa sévère inspection.

— Ramassez-les, Mademoiselle, et portez-les à la cuisinière, avec ordre de les brûler sur-le-champ.

— Si Madame voulait bien le permettre, je les donnerais à un pauvre homme.

— Non ; j'entends qu'on les brûle, afin que Monsieur sache bien que je ne souffre point de sabots chez moi... je me charge de le lui dire.

Et, cet arrêt prononcé, Madame gravit l'escalier de son pas le plus majestueux ; puis, traversant un long corridor sur lequel s'ouvraient plusieurs portes de chambres à coucher, elle en ouvrit une, et pénétra dans un fashionnable appartement de garçon.

— Fort bien ! murmura-t-elle... des meubles confortables, sans recherche ; une étoffe sérieuse... des sujets de chasse pour la pendule et les tableaux... quelques livres nouveaux et d'excellents cigares sur cette table... un bon lit, le linge le plus fin... il me semble que mon cousin devra se trouver fort bien ici.

Elle en était là de son monologue intime, lorsqu'une belle et grande jeune fille, s'avançant au sein d'un véritable nuage de mousseline, l'interrompit brusquement :

— Maman, dit-elle, souffriras-tu que Joseph ne porte pas sa livrée, comme Pierre, durant le séjour du comte? Il prétend que cela le gêne, et que mon père lui a permis de rester en veste!...

— Que veux-tu, mon enfant! soupira la mère avec une touchante résignation; depuis si longtemps que je subis les volontés de ton père, il m'a bien fallu devenir un peu philosophe: je tolère ce que je ne puis empêcher! Ce Joseph reflète son maître avec une servilité taquine; et, du moment qu'il a été parlé de gêne, n'espérons point amener le personnage à endosser sa livrée... Sois bien tranquille, cependant; pour peu que mon cousin ait de tact, il aura vite compris que ce manque de convenance ne saurait nous être imputé... J'aurai soin d'ailleurs que mons Joseph ne s'avise point de servir, en veste, d'autre convive que son maître.

La jeune fille leva les épaules, et, s'avançant vers une glace qui lui renvoyait sa séduisante image, se mit à refaire une boucle rebelle, pendant que sa mère la contemplait avec une glorieuse satisfaction.

En effet, rien de plus gracieux, de plus svelte, que cette charmante créature, dont les grands yeux de velours, les traits fins, le teint rosé, ressortaient d'une masse de boucles blondes et soyeuses. Le goût savant et recherché qui avait présidé à sa blanche toilette aurait pu lui conseiller plus de simplicité, peut-être ; mais une élégance suprême semblait être le cadre obligé de cette belle personne que je dois présenter au lecteur sous le nom aristocratique d'Alice... en y ajoutant, à regret, celui de — Potin.

La belle dame qui faisait brûler les sabots de son mari s'appelait donc Mme Potin ! — Hélas ! oui !... mais hâtons-nous d'ajouter qu'elle était née de Moraigne, et portait cette noble origine imprimée sur son front, tout comme sur ses cartes de visite.

Elle avait été belle ; mais ses quarante-huit ans ne lui laissant plus guère de ressource que celle de devenir imposante, il faut convenir qu'elle en abusait un peu.

En résumé, c'était une personne assez ordinaire, en fait de savoir et d'esprit, bien qu'elle se piquât de posséder l'un et l'autre. Elle lisait assidûment tout ce qui pouvait la tenir au courant de la littérature et des arts, afin d'en émailler sa conversation ; mais, en dépit de ses louables efforts, elle ne parvenait à parler cette belle langue qu'à la façon des perroquets, et ne se retrouvait sur son terrain que lorsqu'il s'agissait de ce que l'on est convenu d'appeler *les usages de la bonne compagnie.* Oh ! alors elle professait avec autorité ; car cette science étroite et compassée avait toutes ses préférences ; et elle se considérait comme l'une de ses prêtresses les plus doctes et les plus autorisées.

Malheureusement, M. Potin n'accordait point toutes licences à ce culte dans son logis, ou du moins il élevait autel contre autel ; et, pendant que sa femme encensait d'un côté, avec force génuflexions, le *cérémonial*, il arborait, lui, d'un bras ferme et résolu, le drapeau de la sainte liberté !... non pas, bien entendu, cette liberté qui, la tête ornée du bonnet phrygien, et la pique en main, foule d'un pied vainqueur les trônes démolis ! mais bien celle qui, coiffée du paisible bonnet de coton, fume au besoin le *caporal*, et se chausse de bons sabots.

Et c'était, chez lui, non-seulement disposition naturelle, mais révolte du bon sens: ayant fait la sottise d'épouser, par amour, M*** Adélaïde de Moraigne, laquelle ne l'avait accepté que par raison (euphémisme habituel de cupidité). M. Potin, jeune, encore beau garçon, plein d'intelligence et de cœur, s'était vu reléguer au dernier plan de la scène sur laquelle paradait sa très-noble épouse, grâce aux écus de la communauté. Tout d'abord il essaya de lutter contre une trop injuste distribution de rôles, se

flattant de gagner, à force de bons procédés,
le cœur de cette belle compagne, qu'il lui im-
portait d'autant plus de conquérir, qu'il sentait
le sien trop honnête pour chercher ailleurs des
compensations ; mais les mois se suivirent, les
années s'écoulèrent, et la fière Adélaïde demeura toujours insensible, n'acceptant d'autres
émotions que celles de la vanité. Heureux encore M. Potin d'avoir pu constater cette disposition rassurante chez sa jeune épouse ; car,
bien qu'il lui concédât de grandes libertés, il ne
se sentait point d'humeur à ajouter à tant de
sacrifices celui de son honneur conjugal.

La naissance d'un enfant, qui aurait pu devenir un trait d'union entre les deux époux,
n'apporta à M. Potin qu'une déception nouvelle.
Il s'était flatté de l'idée que leurs affections se
réunissant sur un même objet, rapprocheraient
leurs deux cœurs ; mais Mme Potin de Moraigne
entendait autrement la maternité : elle donna
bien vite une nourrice à sa fille, puis des bonnes
allemandes ; plus tard, une gouvernante anglaise ; et ce fut toujours entre des bras mer-
cenaires que le pauvre père dut se contenter
d'embrasser son enfant ; quant à la mère, elle
évitait stoïquement ces bourgeoises effusions ,
et bien qu'elle aimât beaucoup sa fille, dont la
grâce et la beauté flattaient d'ailleurs son orgueil,

elle imposait à sa tendresse même le décorum qu'elle croyait indispensable à toute bonne éducation. — « Ah ! s'écrie une auguste princesse dans une page intime de ses mémoires, sont-elles heureuses ces bougeoises qui peuvent coucher leurs enfants tous les soirs [1] ! » Mme Potin ne se fût jamais permis une aussi vulgaire aspiration !

La petite Alice grandit ballottée entre ces deux courants, tantôt recherchant son bon père, comme le plus complaisant et le plus tendre de ses amis ; tantôt abritant d'instinct sa petite personnalité vaniteuse sous le pavillon maternel. Dans ses jours de gaîté, dans ses rares moments de tristesse, il lui fallait M. Potin ; mais c'était aux côtés de sa mère qu'elle aimait à parader comme une jolie poupée de salon ; et telle est la finesse égoïste du tact enfantin, qu'elle semblait toujours faire une faveur à son père en recevant tout ce dont il la comblait, tandis qu'elle se montrait reconnaissante de la moindre caresse, du plus petit éloge, qui lui venaient de sa mère. Jusque par delà la première communion, cette balance se maintint assez exacte : le cœur d'Alice s'abaissant ou se relevant, suivant le poids dont le père ou la

1. Mémoires de Mme la Duchesse d'Orléans.

mère pesait dans la balance ; et M. Potin retrouvait à peu près son compte ; mais Mᵐᵉ Potin ayant décidé que, pour compléter l'éducation de sa fille, et lui créer en même temps d'utiles relations pour l'avenir, il fallait la mettre, sans plus tarder, dans l'un des couvents les plus fashionnables de Paris, le père se sentit perdu, et il le fut en effet.

A chacun des voyages qu'il faisait rien que pour l'embrasser, à chaque retour de nouvelles vacances, il remarquait que sa chère petite Alice devenait de plus en plus la digne fille de sa mère, et, par conséquent, de moins en moins la sienne... Il eut même à constater, certain jour, qu'elle rougissait de lui, au parloir, au milieu du cercle de personnages plus ou moins titrés qui entourait ses compagnes !... Cette découverte fut affreuse ! il en garda longtemps l'ardente blessure ; mais comme c'était une haute et énergique nature que celle de l'humble M. Potin, il se sauva par l'indulgence ; et, tout en jugeant sa fille, il la plaignit... toutefois, il ne l'aima plus de la même façon. Sa tendresse devint une souffrance cachée, et revêtit subitement des apparences de froideur auxquelles bien des gens se trompèrent. Il data de cette suprême déception l'ère d'indépendance qui l'affranchit enfin de toutes les

tyrannies que sa femme lui avait imposées
jusque-là, sous prétexte de savoir-vivre. Il se
fit l'adversaire de la vanité, et du jour au lendemain, se retrouva bravement, et en face de
tous, M. Potin tout court... le fils de bons et
estimables petits bourgeois, lesquels lui avaient
laissé pour héritage beaucoup de bon sens, des
principes solides, une foi complète, et enfin,
comme conséquence naturelle et pratique de
ces dons précieux, le respect de soi-même, qui
vaut toutes les dignités de conveution dont sa
femme faisait tant de cas.

C'est ce personnage, dont je tenais d'autant
plus à vous bien détailler le caractère, que
d'autres tendaient toujours à l'annuler, qui,
arrivant inopinément au travers de la grande
question des livrées de ses domestiques, essuya
les bordées réunies de sa femme et de sa fille ;
mais nous savons qu'il s'était depuis longtemps
cuirassé contre ces attaques.

— Que voulez-vous ? dit-il fort tranquillement, je me trouve mieux servi par un domestique en veste : d'abord parce qu'il est plus
adroit, étant moins gêné dans ses mouve-
ments, et ensuite parce qu'il me plaît de savoir tout le monde à l'aise autour de moi.

— Fort bien, Monsieur ; c'est d'ailleurs la
logique naturelle à un homme en sabots !

— A propos, ne les auriez-vous pas cachés, Madame ? je ne les retrouve plus... j'en ai besoin cependant pour surveiller les travaux d'endigue-ment que l'on exécute autour de mon cours d'eau...

— Je les ai fait brûler, Monsieur, afin qu'ils ne souillassent point davantage mes regards et la mosaïque de mon vestibule, répli-qua superbement Adélaïde de Moraigne, redres-sant sa haute taille.

— Eh bien ! cela fera aller le commerce de ce bon vieux père Guillaume, qui connaît si bien ma pointure, voilà tout ! Au reste, Madame, si j'entends porter des sabots quand il me plaît, j'entends aussi vous gêner le moins possible ; j'aurai donc soin, à l'avenir, de déposer ma chaussure avant de rentrer chez vous, ainsi que je me suis laissé dire que font les musulmans, quand ils doivent entrer dans l'intérieur du temple...

Mme Potin ne dit mot ; mais sa fille, ayant cru découvrir dans cette mesure accom-modante quelque espoir d'amener son père à réformer d'autres abus non moins criants, vou-lut reprendre avec lui l'éternelle question de la toilette, alléguant qu'un paletot couleur de la bête, et moucheté de place en place des flocons de laine récoltés au passage dans les ateliers, un pantalon et un gilet de coutil, n'étaient point précisément un costume à la hauteur de la circonstance ; à savoir : la réception de « notre cousin, le comte de Moraigne ».

Mais, sur ce chapitre, M. Potin fut intraitable, et déclara si péremptoirement que, tout titré qu'il fût, le cousin devrait l'accepter tel qu'il comptait bien demeurer, que la discussion se trouva close. Seulement, Mlle Alice s'étant permis de lever ses blanches épaules, de préférence à ses beaux yeux, en manière de protestation, son père lui jeta un regard si sévère et si triste, que le mouvement irrespectueux, à peine dessiné, s'arrêta...

— Laissons là ces puérilités, dit-il ; il ne convient point à un homme de mon âge d'avoir recours à une ridicule mise en scène vis-à-vis d'un hôte et d'un parent. Mais un plus grave soin m'amène : seriez-vous assez bonne, Madame, pour me fournir l'explication de cette lettre que je viens de recevoir à l'instant ?

Et il tendit à sa femme un pli portant la suscription de Metz.

Mme Potin tressaillit, et le parcourut en rougissant un peu ; mais bientôt, surmontant cette indiscrète révélation du trouble de sa conscience : « Eh bien ! Monsieur, dit-elle, ne voilà-t-il pas une grosse affaire ! quel mal y a-t-il, après tout, à ce que cette petite fille demeure quelques semaines de plus entre les murs de son couvent ?

— Je vous promets, moi, qu'elle n'y demeurera plus que le temps strictement nécessaire à mon voyage ! s'écria M. Potin qui, pour le coup, se permit de sortir de son calme habituel. Celle que vous appelez une petite fille a maintenant vingt ans bien sonnés ; et si, sous prétexte de la laisser en paix à tout son deuil, vous avez esquivé jusqu'alors l'obligation de la recevoir sous notre toit, soyez bien persuadée, Madame, que je ne le tolérerai pas davantage, et que s'il vous plaît de faire bon marché de vos devoirs de tante, il me souvient, à moi, que j'en ai à remplir comme tuteur de cette orpheline. Comment, Madame, vous recevez, il y a bientôt un mois, une lettre de votre nièce qui vous priait de l'accueillir, et non-seulement vous me le laissez ignorer, mais vous n'y répondez vous-même que par le plus dédaigneux silence !... Aussi, vous le voyez, ce n'est plus cette pauvre enfant qui nous écrit aujourd'hui ; c'est son notaire ! et tout en mentionnant la demande qui vous a été faite précédemment, il s'offre à recevoir chez lui, en notre lieu et place, la fille de votre sœur !... Mais savez-vous, Madame, que c'est un affront, cela?... un véritable affront! continua M. Potin, s'essuyant le visage d'un geste rapide.

— Comme le temps passe! se contenta de répondre philosophiquement Mme Potin... J'aurais juré que cette lettre n'avait guère plus de huit jours de date; et, pour tout dire, l'ayant égarée, j'attendais qu'elle me retombât sous la main pour y répondre, car je me perds dans toutes ces adresses... enfin, depuis un mois, tant de soins m'incombent: voyages à la ville, choix d'étoffes d'ameublement, peintres et tapissiers à surveiller... que j'avais un peu oublié ce détail, je l'avoue...

— Si l'arrivée de votre nièce est pour vous un détail, dit ironiquement M. Potin, je me plais à constater qu'il n'en est pas ainsi de celle de votre cousin; car Dieu sait quel beau remue-ménage nous devons à *monsieur le Comte!*

Mme Potin commença par s'assurer que sa fille avait quitté la chambre; puis, avec un geste théâtral: « Monsieur, dit-elle, placée entre deux devoirs, j'ai dû m'occuper, tout d'abord, du plus sacré!...

— Du plus sacré, Madame!... en seriez-vous déjà à qualifier ainsi vos rêveries ambitieuses? En ce cas, j'aurais à vous prévenir que nous sommes à deux de jeu, et que ma fille n'étant point une princesse, il me faudra d'autres raisons que celles de la diplomatie pour que je me décide à la marier.

Mme Potin se permit alors complétement ce que sa fille n'avait fait qu'ébaucher : levant donc les épaules avec une sorte d'indulgente compassion , « Permettez, Monsieur, dit-elle, que je remette à un moment plus opportun le soin de vous développer toute l'importance de mes projets... la théorie des alliances vous étant probablement aussi étrangère que la science du blason. »

M. Potin allait répondre , et son teint se colorait déjà d'une nuance qui ne présageait point le calme, lorsque la femme de chambre, accourant tout effarée, vint prévenir sa maîtresse de l'arrivée de M. le comte. — « Il monte le perron », dit-elle.

— Ah ! mon Dieu, pense la pauvre Mme Potin, tout en s'empressant au-devant de son hôte ; moi qui m'étais promis de faire en sorte que mes gens se groupassent dans le vestibule... il n'est plus temps ; j'ai manqué mon entrée... et c'est la faute de mon mari !

————

CHAPITRE II.

Le comte Melchior de Moraigne était un élégant jeune homme de vingt-huit ans, dont la vie de Paris avait légèrement fatigué les beaux traits. Il était brun, de haute taille, et l'ensemble de sa personne indiquait la nature la plus fine, entée sur l'éducation la plus aristocratique. C'était donc, au grand complet, le rêve réalisé de Mme Potin; aussi, la joie qu'elle ressentit d'une semblable réussite pensa-t-elle lui faire oublier jusqu'à l'étiquette.

Elle s'était promis d'être fort digne, et elle ne fut qu'aimable et cordiale, une sorte d'attendrissement, tout à fait en dehors de ses habitudes, ayant dominé ses résolutions. Au lieu donc de tendre à son cousin la main blanche et soignée dont elle était si fière, elle s'avança vers lui d'un air tellement ému, que le jeune homme se crut réellement obligé d'embrasser une aussi bonne parente.

Cette accolade, un peu vulgaire, la charma néanmoins ; et sous l'impression d'un trouble pour ainsi dire juvénile, elle entraîna son

noble cousin, à travers une enfilade d'appar-
tements, jusqu'à un petit boudoir, et lui présentant alors sa fille Alice, elle enjoignit à celle-ci
d'offrir la main à son cousin, — lequel la baisa
avec une grâce qui n'avait rien à envier à l'ancien régime.

Pendant ce temps, M. Potin arrivait aussi,
mais sans trop d'empressement, pour saluer
son nouvel hôte. Il avait absolument sa mise de
tous les jours, et ce fut avec la même rondeur
dont il abordait ses commettants, qu'il vint
offrir, à son tour, une cordiale poignée de main
au noble comte de Moraigne.

— Soyez le bienvenu chez moi, dit-il, en
accentuant ces derniers mots avec une certaine intention (car il s'apercevait que,
dans la cérémonie des présentations, sa femme
n'était que trop disposée à traiter un peu négli-
gemment celle du maître du logis); nous vous
sommes très-reconnaissants, Monsieur, de ce
que vous vouliez bien rompre pour un temps
avec vos plaisirs et vos habitudes, pour venir
visiter vos parents des Ardennes; mais, à défaut
de tout ce que vous quittez, vous trouverez au
moins chez nous le grand air, la liberté, la chasse,
un bon cheval à vos ordres pour parcourir le
pays, qui en vaut la peine,.... et enfin la société
de ces dames; car pour la mienne, outre que

vous en tireriez peu d'agrément, je passe une grande partie de mon temps dans mes ateliers, ou à mon bureau.

— Ah ! vous êtes dans les affaires, Monsieur ? je serai fort heureux de visiter votre établissement, dit poliment le comte.

— Allons donc ! fit M. Potin d'un air passablement incrédule, c'est une corvée que je ne vous imposerai pas ! il faut être de la partie pour y prendre intérêt.

« De la partie, se dit Mme Potin ; on croirait qu'il le fait exprès. » Mais le comte assurant que l'industrie en général, et surtout les machines, avaient droit à l'attention de tout homme intelligent, madame crut devoir accorder qu'il fallait bien qu'il y eût, en effet, certain attrait dans ces sortes d'occupations, pour que son mari s'obstinât à ne point les abandonner, depuis si longtemps qu'il aurait pu le faire.

C'était une manière adroite de faire comprendre au cousin que la fortune de la maison était faite—et parfaite, et qu'on ne faisait plus de commerce qu'en amateur... Toutefois elle s'empressa d'ajouter : « D'ailleurs nous vivons ici, ma fille et moi, tout comme si nous étions à cent lieues de la filature ; les environs sont fort bien habités, et les châtelains du voisinage nous aident à passer agréablement la belle

saison ; puis nous faisons à Paris de fréquents
voyages... Je m'étonne même de ne point vous y
avoir rencontré, car il est probable que nous devons avoir les mêmes relations au Faubourg...
Oui, plus j'y pense, plus je trouve étrange de
n'avoir entendu parler de vous, mon cousin,
que tout récemment, et par hasard.

— Ceci doit surtout s'expliquer, Madame,
par la dispersion des deux branches de notre
famille. Mon enfance s'est écoulée dans le Berry,
auprès de mon grand-oncle ; plus tard j'ai fait
mes études à Juilly, et quand j'ai commencé à
voler de mes propres ailes, la passion des voyages est venue me soustraire, pour un temps, à
l'hospitalité, un peu grave (au moins au regard
de mes vingt ans), des salons dont vous parlez.
Cependant, j'y avais fait une courte apparition,
lorsque la guerre est venue me mettre aux
mains le fusil du franc-tireur.

— Quoi, Monsieur ! vous, un franc-tireur !
s'écria Mme Potin toute déconcertée ; car elle
avait si peu de patriotisme, que, plus d'une
fois, elle s'était laissée aller à déplorer sincèrement, avec les nobles hôtes que le bon roi
Guillaume lui avait envoyés à héberger, *le stupide héroïsme* de ceux qui avaient tenté d'arrê-
ter ces fiers Teutons dans leur marche triom-
phale. Que dis-je ? les francs-tireurs avaient été

son cauchemar bien autrement encore que les hordes prussiennes ; car elle avait tremblé de leur devoir une délivrance passagère, qu'il eût fallu payer ensuite par le pillage et l'incendie. Aussi, l'idée que son noble cousin faisait partie de ceux qu'elle avait appelés si souvent des bandits, troublait-elle profondément la logique de Mme Potin.

Il paraît que, sur ce point encore, les idées du mari n'étaient point celles de la femme, car ce fut d'un ton bien différent, et avec une physionomie qui s'éclairait de la plus franche sympathie, que M. Potin s'écria aussi : « Franc-tireur ! » Alors, s'avançant vers le comte : « Permettez que je vous serre la main derechef, mon cousin, dit-il, puisque vous êtes si bon Français ! J'espère bien que vous nous conterez vos aventures en détail... Mais, j'y pense, vous devez avoir besoin de prendre quelque chose, en attendant le dîner, dont l'heure est proche, cependant ? Permettez que je vous offre un doigt de vin. »

Et il s'apprêtait à pourvoir en personne à ce devoir hospitalier, lorsque Mme Potin, qui déjà voyait surgir aux côtés de son mari l'épouvantail de Joseph, tenant d'une main une bouteille, et de l'autre une simple assiette surmontée d'un verre, au lieu du plateau d'ordonnance, se précipita sur le malencontreux M. Potin, qu'elle pinça presque, pendant que d'un mouvement inverse, elle s'élançait sur la sonnette... Mais, ô bonheur ! Pierre, le valet de chambre, apparaissant aussitôt, plus correct et plus gourmé que jamais, dans sa belle livrée toute neuve, annonça que « Madame était servie ».

Allons ! pensa la pauvre femme, je l'ai échappé belle... et, appuyée au bras de son cousin, elle se rendit à la salle à manger.

De nouvelles misères l'y attendaient encore : d'abord l'entêté M. Potin, malgré les adjurations que lui faisait, à voix basse, Mlle sa fille (laquelle, ayant été élevée dans un couvent, devait être compétente)... l'entêté M. Potin, dis-je, fit, tout comme à l'ordinaire, son signe de croix avant de manger le potage ; et ce potage lui-même était une grosse soupe de pain trempé, à la limousine, que Joseph, en veste courte, lui apporta dans un grand bol à cet usage... Que voulez-vous ? il n'aimait pas le tapioca, dont les procédés de fabrication paraissaient un peu trop *chinois* à ses bourgeoises délicatesses [1] ; et, quant au *Benedicite* : « Mes parents m'ont enseigné la politesse, expliquait-il à ceux qui avaient le mauvais goût de s'éton-

1. Les Chinois prennent le tapioca dans leur bouche, et le rejettent en pluie, pour lui donner la forme sous laquelle il nous arrive.

ner : — je dis *merci*, même au Bon Dieu. »

Enfin, bien loin de se renfermer dans le silence indifférent dont il accueillait habituellement les convives préférés de sa femme, M. Potin, espérant peut-être du franc-tireur quelque épisode intéressant de sa vie d'aventures, s'avisa de prendre le dé de la conversation. Il se mit à questionner son noble convive avec un sans-façon vraiment inouï ; et celui-ci, devinant un brave cœur sous l'écorce un peu rude du mari de sa cousine, ne crut pas devoir lui marchander les détails pittoresques et les scènes émouvantes, si bien que la pauvre Mme Potin et sa fille ne trouvèrent que de très-rares occasions de produire le joli bagout dont elles avaient fait une ample provision pour la circonstance.

Le dîner ne suffit pas à épuiser cette veine épique et agaçante ; aussi la mère de Mlle Alice, qui avait en tête d'autres exploits que ceux des francs-tireurs, et qui voyait les heures s'écouler, se décida tout à coup à ressaisir de vive force le traître cousin qui avait tout l'air de vouloir lui échapper, pour devenir, surtout, celui de son mari.

— Assez guerroyer, Messieurs ! dit-elle d'un ton précieux mais ferme : mes nerfs s'arrangent mal de ces sortes d'émotions, et je ne ressemble pas, en cela du moins (la réticence était modeste!), à cette chère marquise de Sévigné, laquelle aimait tant les grands coups d'épée... Voyons ; venez ici, mon beau cousin, et dites-nous votre avis sur ces vues de Suisse, que j'ai fait venir, afin de les comparer à mes propres souvenirs, et surtout aux croquis de ma fille. J'imagine qu'un voyageur comme vous n'a eu garde d'oublier de porter lui-même sa carte de visite au Righi ?

Le comte fit ce que tout homme poli devait faire : c'est-à-dire qu'il préféra les crayons de sa jolie cousine aux magnifiques gravures de l'Album. Alice en fut très-flattée, et sa mère en rougit d'orgueil... Voilà pour le dessin, pensat-elle ; maintenant, passons à la musique.

— Etes-vous musicien, mon cousin ?

— Hélas ! non ; je l'avoue à ma honte, j'ai abandonné la musique. Que voulez-vous, Mesdames! dans cette sphère parisienne, où rayonnent tant d'étoiles de première grandeur, on se sent tout découragé de sa petite lueur de ver luisant ! J'aurais eu de la voix peut-être ; à Juilly, on me faisait parfois, à la chapelle, les honneurs du solo... mais le temps nous manque, ou plutôt, il galope aussi vite que les morts de la ballade au travers des journées de la vie mondaine ; si bien que, la paresse aidant, on en arrive au raisonnement des Orientaux, qui ne comprennent point que l'on prenne la peine de danser soi-même, quand on peut payer les autres pour le faire... et l'on se donne une stalle aux Italiens, plutôt que de se fatiguer à faire des vocalises.

— Ah ! comme je suis de cet avis ! s'écria M. Potin. Moi aussi, j'aime la musique, bien que ma femme prétende le contraire : une belle voix bien conduite, une simple et expressive mélodie, me font le plus grand plaisir ; mais toute cette gymnastique des doigts ou du gosier, sans le secours de laquelle on ne saurait devenir ce qui s'appelle virtuose, voilà ce que je n'admets pas, à moins que l'on ne doive se créer une position lucrative de son talent. Que le pianiste travaille, s'il veut devenir professeur ; que le chanteur exerce sa voix, s'il a besoin d'en faire l'instrument de sa fortune, rien de mieux ; c'est une nécessité quand on dépend du public... mais que ma fille, à moi, se condamne bénévolement à faire des ih ! ih ! et des ah ! ah ! désespérés, pendant des heures entières... ou qu'elle arpente du haut en bas son piano, sous prétexte de gammes, avec un véritable acharnement : voilà ce que je ne puis souffrir ; et j'en veux à l'art dit d'agrément, qui lui impose ce métier de serinette, de boîte à musique,

au grand dommage de ses doigts et de ses pou-
mons !... J'ai quelquefois pensé que si nous
voulions astreindre les ouvriers de nos filatures à
de pareils labeurs, l'Internationale n'aurait
point assez de malédictions pour nous signaler
à la vengeance des pétroleuses !

Voyez-vous d'ici, lecteur, la colère et l'indignation de Mme Potin durant cette belle tirade?... Quant à Mlle Alice, elle en fut tellement
choquée, qu'à défaut d'autre protestation, elle
se mit à battre sur la table un *prestissimo*, qui,
certes, ne succédait à aucun *allegro*.

Mais le comte avait trop l'usage du monde
pour laisser les choses en cet état ; sans hésiter,
il crut devoir se poser en adversaire de M. Potin ;
prenant donc en mains la cause attaquée :

— Ah ! Monsieur, s'écria-t-il, je consens
à m'accuser de paresse, mais non d'ingratitude ;
or, n'en serait-ce point une abominable que
celle qui, méconnaissant la générosité des efforts que s'impose le virtuose pour notre plus
grand plaisir, oserait lui en faire un reproche ?
Hélas ! vous le savez, toutes choses nous sont
données en ce monde à l'état de germes, et
notre seul mérite est de concourir à leur déve-
loppement... Art, science, industrie, rien n'é-
chappe à cette grande loi du progrès. Et c'est
un salutaire, un noble spectacle, après tout,

que celui de cette lutte de l'humanité dégageant incessamment de la matière l'idéal de sa perfection. L'existence de l'artiste est une ascension véritable, et vaut bien qu'on la contemple d'ici-bas avec une admiration sincère, surtout quand cette lutte, se désintéressant de toute arrière-pensée cupide, ne s'exerce, comme chez l'amateur, qu'au profit d'un auditoire intime.

— Quel avocat vous feriez ! s'écria M. Potin ; vraiment, si je n'étais persuadé que le beau dévoûment dont vous faites tant d'honneur aux artistes n'a bien souvent [pour mobile que la satisfaction de leur propre vanité, je me convertirais à vos doctrines.

— Ce serait un triomphe flatteur.. mais, oserai-je l'avouer ?... je poursuis en ce moment une plus douce récompense... Et le galant cousin sollicita de la belle Alice « quelque aumône » du précieux trésor dont elle augmentait chaque jour la valeur.

Mais la jeune fille en voulait encore à M. Potin ; elle déclina la prière du comte, ajoutant, avec la mauvaise humeur d'une enfant gâtée, que « jamais plus elle ne ferait de musique devant son père ! »

— N'est-ce que cela, ma chère ? dit bonnement celui-ci, tout en embrassant de force la jolie boudeuse ; je m'en vais donc alors te

souhaiter le bonsoir, et j'y joindrai, s'il le faut,
mes très-humbles excuses. Allons, chante, ma
petite ! tandis que, de mon côté, j'essayerai de
dormir en paix, en dépit de mes remords.

Et, saluant le comte, M. Potin lui annonça
qu'une circonstance tout à fait indépendante
de sa volonté l'obligeait à partir le lendemain,
de grand matin, pour un court voyage...

— Comment donc !... dit le jeune homme,
j'espère bien que vous ne vous gênez point
avec moi ; je sais d'ailleurs que les affaires
commandent.

— S'il ne s'agissait que d'affaires, croyez,
Monsieur, que c'est moi qui leur commanderais,
au contraire, de me laisser passer avec vous le
jour de demain ; mais c'est un devoir qui m'in-
combe ; et vous savez qu'en pareil cas, il n'y
a point à reculer.

M. Potin quitta à peine le salon, que le
comte, offrant son bras à sa jolie cousine,
voulut la conduire au piano ; mais elle lui demanda grâce, avouant franchement qu'elle se
sentait 'rop mal disposée. « Il me semble,
dit-elle, que je ne serais précisément capable
que de ce rôle de *serinette* ou de *boîte à musique*,
dont mon père nous a donné tout à l'heure une
si agréable description. Faites-moi donc crédit,
mon cousin, ajouta-t-elle gentiment ; je vous

payerai un autre jour vos honoraires d'avocat. »

Le jeune homme se résigna à ce délai beaucoup plus aisément que Mme Potin, et l'on causa d'autre chose. On fit échange de ces beaux propos dont les finesses, cousues de fil blanc, ont surtout pour objet d'apprendre à l'interlocuteur qu'il n'a point affaire à des gens de peu... Vous les conterai-je par le menu?... Non, vraiment! car si, plus d'une heure durant, ces dames se crurent obligées de se livrer à cet exercice qui est à la langue des salons ce que les gammes et les vocalises, incriminées tout à l'heure, sont à la musique, je ne vois absolument rien qui me condamne à m'en faire le chroniqueur... Au risque donc d'y perdre le vernis fashionnable qu'elles eussent certainement communiqué à ces pages, j'aime mieux faire comme M. Potin, lequel, s'il vous en souvient, s'en alla se coucher... Seulement, comme je veux qu'il soit bien établi que, si je néglige volontiers certains détails, il n'en est point de même pour ce que l'on appelle : *la morale de l'histoire*... je vous dirai en substance ce que pensait de tout ceci le comte Melchior avant de s'endormir :

« Mes cousines sont deux poupées; mais la jeune est fort jolie, et doit être bien dotée... Allons! nous verrons cela... il s'agit seulement de calculer si la propriété ne se grèverait point de trop de charges ! »

Et, croyez-le bien, c'est ainsi que doit penser tout jeune seigneur du XIXᵉ siècle, lorsqu'il a près de trente ans, un assez modique patrimoine, et surtout quand il possède ses bons auteurs, c'est-à-dire les célèbres romanciers qui ont écrit des traités de haute philosophie sur la femme et le mariage.

CHAPITRE III.

Les esclaves de l'orgueil dorment peu : je crois même qu'en dépit de la fameuse romance, ils voient lever l'aurore plus souvent, peut-être, que les gens vertueux. Mᵐᵉ Potin s'éveilla donc de grand matin, avec l'agréable pensée, qui déjà l'avait aidée à s'endormir la veille, à savoir que, son mari étant parti, elle demeurait à son aise la haute et puissante Dame de céans.

Il s'agissait de profiter sans retard de cette favorable absence, afin d'organiser toutes choses pour la réussite du grand projet ! car, pour elle, cela ne faisait point un doute : il fallait absolument qu'Alice devînt comtesse de Moraigne ; c'était un devoir envers les aïeux, comme envers soi-même... et elle y dévouait sa fille avec une sorte de rigidité stoïque, qui ne lui permettait même point d'examiner si le bonheur devait être le résultat bien probable de cette union.

En un instant, Mme Potin fut debout, et réunissant aussitôt le fil de ses pensées, s'empressa de mettre à profit les conseils d'une assez longue insomnie. S'enveloppant donc d'un peignoir, elle s'assit à son petit bureau, et se mit à dépêcher bon nombre de billets d'invitation, dont les formules ne coûtaient rien à sa longue habitude, et qui devaient amener, le surlendemain, sous son toit, tout le beau monde du pays : châtelains, grands propriétaires, et même, pour faire nombre, quelques fonctionnaires du bourg.

Décrétée depuis longtemps, cette solennité ne devait avoir lieu que plus tard ; on ne l'avançait de quelques jours qu'afin de bénéficier de l'absence de M. Potin, qui, on le sait, était un véritable trouble-fête !

Les billets achevés et cachetés aux armes de Moraigne, Mme Potin sonna sa femme de chambre, se fit coiffer, habiller, donna audience à sa cuisinière, puis passa dans la chambre de sa fille.

Mlle Alice était encore au lit ; mais ses beaux yeux, grands ouverts, affirmaient que le sommeil les avait quittés depuis longtemps. En effet, la sournoise jeune fille ayant bien vite deviné que

4***

l'on fondait sur elle l'espoir de regreffer, sur une autre tige, la branche cadette des Moraigne, et son beau cousin lui agréant fort d'ailleurs, avait aussi, comme madame sa mère, ses petits projets à combiner, ne fût-ce que pour prendre une brillante revanche de ses déconvenues de la veille... Et comme il importe peut-être à notre instruction de savoir dans quel arsenal ces belles demoiselles, s'en allant en guerre, vont quérir les armes dont elles se proposent de nous attaquer, nous allons prendre connaissance de l'ordre du jour de Mlle Alice.

« Le matin, je porterai mes cheveux simplement roulés et très-tombants.

« Je mettrai mon peignoir perse et mon burnous blanc, pour aller cueillir un bouquet... que nous arrangerons avec mon cousin.

« Après le déjeuner, je proposerai une promenade à cheval... à cause de ma belle amazone neuve.

« Au retour, je m'habillerai ; je ferai des nattes, et je placerai de préférence une rose rouge dans ma coiffure, pour aller avec ma toilette gris-perle.

« Nous passerons la soirée à faire de la musique : je jouerai la *Danse des Fées*, de Prudent, et je chanterai *Suon Vergin*, des *Puritains*... puis air du Page, des *Huguenots*.

« Je parlerai de mes amies : Jeanne de Mont-
richard, Berthe d'Hauteville, Nina de Sierra-
Forte... Je dirai que le Père Hyacinthe a été
mon confesseur... que j'ai assisté à des confé-
rences de M. Legouvé, entendu un discours de
M. Gambetta à la Chambre... que j'ai serré la
main à la Patti, et chanté un duo avec Capoul,
chez la duchesse de Langeais... Quant à Mlle Hortense Schneider, je ne sais trop si je devrai
conter que je lui ai ramassé son bouquet dans
un concert.... »

A nous aussi, lecteur, la chose semble un peu
délicate... Mme Potin arrivait tout à point pour
en décider ; mais Alice crut devoir réserver cette
question pour un moment plus propice, car elle
avait reconnu, dans la physionomie maternelle,
les symptômes avant-coureurs d'un sermon, et la
prudente jeune personne se hâta de mettre en
avant une migraine, avec l'espoir d'en diminuer
la longueur. Cette tactique lui réussit : Mme Potin,
désireuse de ne point augmenter cette fâcheuse
disposition, se borna à quelques recommanda-
tions de bonne tenue et de respect vis-à-vis de
certaine baronne qui venait dîner le soir même.

— Comment ! s'écria Mlle Alice... c'est pour
aujourd'hui que tu as invité Mme d'Afféville ?...

— Oui, mon enfant ; et souviens-toi que, si tu
veux agir en fille d'esprit, tu ne saurais faire

trop de frais d'amabilité auprès de mon amie. Songe qu'elle dispose de la volonté de ton père, par une sorte d'inexplicable pouvoir !... et que, si nous voulons préparer, dans le pays, un accueil sympathique à notre cousin, il nous faut tout d'bord le faire agréer de l'importante personne qui entraîne dans son mouvement tant de dociles satellites.

Il y avait bien de la rancune cachée sous l'adjectif dont Mme Potin se voyait obligée de qualifier son amie d'enfance ! Alice ne dit rien, mais elle fit un geste approbatif et résigné tout à la fois, pendant que d'un trait rapide elle effaçait définitivement de son programme le bouquet de Mlle Hortense Schneider. Mais elle eut néanmoins la douce satisfaction de produire dans leur jour le plus favorable, aux yeux de son cousin, la robe de chambre perse et l'amazone neuve... Ainsi qu'elle l'avait décrété, on arrangea de compagnie les plus belles fleurs de la saison, dans la plus chinoise des potiches ; et, comme elle s'y attendait encore, le jeune homme trouva, pour la circonstance, sinon des madrigaux, qui ne sont plus de mode, au moins de fort jolis compliments pour l'aimable bouquetière... Il en eut aussi pour la charmante amazone... si bien que Mlle Alice et sa mère gagnèrent l'heure du dîner dans un véritable ravissement.

Le temps était si beau, que Mme d'Afféville trouva bon de parcourir pédestrement les deux kilomètres qui la séparaient du bourg. C'était d'ailleurs une marcheuse qui, par goût, autant que par principe, aimait à exercer ses forces, afin de les entretenir. Mais une amie arrivant ainsi sans tambour ni trompette, et qui déposait modestement ses *caoutchoucs* dans le même vestibule d'où elle avait proscrit les sabots de son mari, n'était pas précisément ce qu'attendait Mme Potin. Ah! sans doute, il était tout mignon et aristocratique le petit pied qui se produisit alors aux regards du comte (car il passait à ce moment même); mais combien n'eût-il pas été préférable de le voir sortir d'un coupé armorié, dont un magnifique chasseur eût abaissé le marche-pied!... C'était ainsi du moins que Mme Potin avait imaginé que les choses se passeraient; et elle y ajoutait les détails de Pierre, en grande livrée, précédant *Madame la Baronne*, et l'annonçant de sa voix la plus sonore, tandis qu'elle-même présenterait à la noble dame son noble cousin... Mais chacun sait que, quand le guignon s'en mêle, rien ne va plus!... Or, il s'en mêla si bien, qu'au lieu du cérémonial indiqué, ce fut tout bonnement le jeune homme qui, s'étant présenté tout seul à Mme d'Afféville, lui offrit ensuite son bras, pour l'amener au salon.

Au reste, M. de Moraigne avait trop de tact et d'expérience, pour ne point découvrir au premier coup d'œil que la femme qui faisait une aussi modeste entrée n'en était pas moins fort remarquable.

La baronne Julie, ainsi qu'on la nommait dans tout le pays, était, en effet, beaucoup plus qu'une grande dame... Intelligence d'élite, cœur dévoué, âme de foi, elle rayonnait sur son petit centre avec toute la simplicité que donne la vocation. Rien n'était plus aimable que sa raison, plus franc que sa bonté, plus profond surtout que ses croyances : aussi les impies eux-mêmes les respectaient, et n'auraient pas plus attaqué la religion devant elle, qu'on n'insulte une mère devant sa fille.

Elle avait été fort belle de taille et de traits ; mais la fraîcheur et la délicatesse des formes faisant maintenant défaut à ses cinquante ans, une beauté nouvelle et toute d'expression semblait vouloir remplacer ces charmes éphémères : l'âme transfigurait peu à peu la matière, et la revêtait d'une sorte de splendeur...

Et pourtant, c'était une élue de la souffrance que cette femme dont le regard et le sourire reflétaient une si haute sérénité ! Tout comme l'héroïque Alexandrine des *Récits d'une sœur*, elle eût pu dire : « *Depuis que je pleure gaîment mes morts !* » car elle avait aussi perdu son mari, après quelques années de l'union la plus heureuse... et enfin son fils unique !...

Mais, quel que soit l'écrasement des grandes âmes, elles s'en relèvent toujours à l'appel de la charité. Une épidémie qui sévit alors sur les enfants du bourg, fut le signal de la résurrection morale de Mᵐᵉ d'Affléville ; et bientôt on la vit se glisser sous les plus pauvres toits. Auparavant, l'épouvante était telle, que les plus tendres mères, se décourageant devant l'impitoyable fléau, lui disputaient à peine ses victimes ; mais l'énergique dévoûment de la baronne sut triompher du mal : les enfants qu'elle soignait furent sauvés ; et, en même temps que l'espoir rentrait dans tous les cœurs, celui de l'admirable femme recommençait à battre... Alors elle ne s'arrêta plus ; l'impulsion était donnée, et chaque jour vint agrandir le champ de son noble travail ! Toutes les peines, toutes les souffrances, toutes les misères, soit morales, soit physiques, eurent part à son assistance, et elle s'en alla distribuant à tous les degrés de l'échelle sociale, ici sa bourse, là son cœur... mais partout, et plus utilement encore, des trésors de bon sens et de vérité.

L'effort qui lui coûta le plus, peut-être, fut

de renouer avec ses amies du monde des relations depuis longtemps interrompues ; mais,
outre le bien qu'elle put leur faire , elle-même
en recueillit des fruits inespérés : son existence
reprit un intérêt plus direct, d'anciennes affections la consolèrent ; et son esprit, se retrouvant
dans un milieu favorable, reprit peu à peu
possession de l'un des dons les plus charmants
que lui eût fait la nature : la gaîté ! oui, cette
gaîté vivace et courageuse , fille de la résignation et des espérances chrétiennes...

Mais, pensera-t-on, une amie aussi vertueuse
aurait bien dû entreprendre la conversion de
Mme Potin ? Ah ! sans doute, et la baronne l'avait
tenté, mais inutilement... Au reste, lecteur, si
vous voulez bien méditer vos propres souvenirs à cet égard, vous conviendrez avec moi
que, de toutes les misères humaines, la vanité
est peut-être la plus tenace ; ceux qui en sont
atteints (et tous, hélas ! ne le sont-ils pas plus
ou moins ?) opposent une résistance désespé-
rée, non-seulement aux conseils de la raison,
mais à ceux de l'expérience ; et leurs petites
idées n'ont pas plutôt fait le plongeon, qu'elles
reviennent sur l'eau, tout comme des bouchons
de liége !

Depuis longtemps déjà, Mme Potin, refroidie
par une suite de griefs imaginaires, et surtout

froissée de la supériorité trop évidente de son amie d'enfance, ne l'accueillait plus qu'avec une sorte de roideur pincée, qu'elle croyait fort digne ; mais ce soir-là, en l'honneur du beau cousin, elle se résolut à faire un divorce complet avec ses vieilles rancunes. Mme d'Afféville se vit donc reçue avec toutes les démonstrations de l'amitié ; Alice elle-même, daignant se rappeler que la baronne aimait peu les poignées de mains à l'anglaise, s'inclina gracieusement devant elle, tout en lui présentant son front à baiser, comme une fille bien élevée de la vieille France.

Le dîner fut gai : la baronne et le comte échangèrent tour à tour d'intéressants récits, d'agréables saillies. Mme Potin elle-même crut pouvoir se permettre un léger laisser-aller au milieu de ses pairs ; elle se montra donc assez bonne femme ; quant à sa fille, elle oublia presque de poser, pour écouter la conversation, et s'y mêler parfois avec esprit.

Il était aisé de voir que le jeune Parisien s'émerveillait de trouver, au sein de la province, une femme aussi complétement aimable que l'amie de sa cousine. Arts, sciences, littérature, rien ne lui paraissait étranger ; et, chose inouïe ! elle traitait ces différents sujets, non pas en écho docile de l'opinion toute faite que lui apportaient ses journaux et ses revues, mais à son point de vue particulier, et avec une originalité toute gracieuse, que doublait son imperturbable bon sens. On sentait que tout un petit monde intellectuel pouvait se loger à l'aise dans cette bonne tête, sans en ébranler les assises, et que, du fond de son château des Ardennes, la baronne Julie n'ignorait aucun des progrès de l'esprit humain.

Elle n'en ignorait pas non plus les travers ; mais elle avait sa méthode, à elle, pour les attaquer : bien loin d'imiter nos polémistes du jour, elle ne s'en prenait qu'à la doctrine perverse, et épargnait l'homme, prétendant que mieux vaut tendre la main au frère qui se noie, que de l'achever à coups d'aviron...

Pour cette fois, Mme Potin ne songea point à se montrer jalouse de la façon dont son amie tenait le dé de la conversation ; elle s'en parait, au contraire, comme d'un accessoire dont sa propre personnalité se complétait auprès du comte. Mais elle brûlait de connaître l'opinion que la baronne avait de son cousin...

Sa fille lui en fournit l'occasion, car ayant attiré celui-ci vers le piano, où s'étalaient quelques nouveautés, les deux dames purent se retirer à l'écart, pendant que les jeunes gens feuilletaient ensemble albums et partitions.

— Comment le trouvez-vous ? commença Mme Potin.

— Fort joli garçon, et garçon d'esprit, sans nul doute.

— Mais, enfin... vous plaît-il ?

— La jeunesse aimable me plaît toujours ; et vous avez pu voir que je causais volontiers.

— Oh ! je sais fort bien que mon cousin est un homme parfaitement bien élevé, et de la plus haute distinction, fit Mme Potin en se rengorgeant ; mais j'aurais voulu savoir ce que vous pensez de son caractère... en un mot, s'il est de ceux que vous estimez ?... car vous êtes si difficile !...

— Ah ! vous m'en demandez trop : ce n'est point en quelques heures de conversation que je me permettrais de juger un homme ; cependant, si, comme je le pense, vous avez des raisons de souhaiter que celui-ci se forme de votre fille une idée avantageuse, prenez garde, ma chère Adélaïde !... ce n'est point un naïf que ce jeune Parisien ; sans doute, il peut avoir un cœur tout comme un autre ; mais je le soupçonne d'imposer au besoin de la logique à ses amours, d'aimer, enfin, *parce que* — et non *quoique*...

— Mais... fit Mme Potin toute hérissée, je

crois ma fille fort en état de subir l'examen !... sa beauté. ses talents, son mérite, en- fin...

— Permettez que je vous arrête ; car, tout en admettant les articles de votre énumération, il me faut en discuter le total. Il y a mérite et mérite, ma chère ! et la beauté, les talents, la fortune peuvent en composer *une sorte*, dont votre fille est certainement bien pourvue, je le reconnais ; mais il en est encore *une autre sorte*, que certains hommes expérimentés recherchent de préférence dans la femme dont ils veulent faire la compagne de leur vie, la mère de leurs enfants, la maîtresse de leur maison... ; or, ce mérite supérieur se compose surtout des vertus de l'âme, des amabilités du caractère, de la sagesse des habitudes... Alice y parviendra, je l'espère, quelque jour ; mais, pour le moment, avouez qu'elle se contente, ainsi que la plupart de nos jeunes personnes, d'être une charmante enfant gâtée, sous laquelle il serait vraiment difficile, surtout pour un étranger, de voir poin- dre l'épouse et la mère de l'avenir.

— Il n'y a vraiment que vous pour me dire en face de pareilles choses, Julie ! Vous abusez de notre vieille amitié, dit Mme Potin, cruelle- ment blessée, mais sentant la nécessité de se contraindre... Je sais bien que vous vous êtes toujours montrée sévère à l'égard de ma pauvre Alice... mais, grâce à Dieu ! si vous êtes aveugle, d'autres ont des yeux... et aussi des oreilles, peut-être... Et du geste elle indiquait à la baronne le jeune comte qui, pendant que sa fille chantait, se tenait auprès d'elle dans une attitude d'admiration.

Mme d'Afléville soupira : une fois encore, elle voyait revenir sur l'eau les petits bouchons de liége...

Elle prit la main de son amie offensée, et la pressant tendrement sur son cœur : « Soyez persuadée, dit-elle, que tout ce que j'ai dit à propos d'Alice vient de là !... Maintenant, ma chère amie, laissez-moi vous expliquer que mon point de vue est tellement général, qu'il ne saurait vous atteindre aussi profondément. Oui, certes, je voudrais que les jeunes filles fussent un peu moins préoccupées de plaire, et un peu plus d'attacher ; que les talents d'agrément n'usurpassent point la place des devoirs ; que la mère enfin se réservât une part, autrement large que celle des professeurs, dans l'éducation de la jeune fille qui doit devenir une femme, une vraie femme, c'est-à-dire la mère d'une génération future ! mais je ne vous accuse pas directement, vous, Adélaïde ; j'accuse notre siècle, nos mœurs, l'entraînement de la mode... et je vous plains, avec toutes nos contemporaines, d'avoir à suivre un tourbillon qui, évidemment, nous éloigne du but essentiel de la vie.

— Que voulez-vous ? je ne suis pas une *philosophe*, moi, ma chère ! dit assez ironiquement Mme Potin, se hâtant de prendre l'offensive ; je n'ai pas la prétention de réformer mon siècle !... D'ailleurs, il me semble que vous-même parlez de ce que vous ne connaissez guère : en fait d'éducation et de maternité, chacun sait qu'il y a loin de la théorie à la pratique ; et vous n'avez point d'enfant, que je sache !

— Je n'en ai plus, du moins... et tu fais bien de me le rappeler, ma pauvre Adélaïde, dit la baronne, en reprenant avec son amie l'affectueux tutoiement de leur enfance ; puis, d'un geste navré : Sais-je, en effet, comment j'aurais élevé mon fils ? dit-elle ; la tendresse maternelle est parfois si aveugle !... Allons, Dieu soit béni de tout !

Mme Potin eut beau se raidir, elle se sentit touchée de l'humilité de son amie ; et, l'attirant vers elle, l'embrassa de tout son cœur.

Le grand air d'opéra s'acheva sur cette réconciliation, et Alice, toute rougissante de plaisir, car son cousin venait de lui affirmer qu'elle chantait en artiste, bien plutôt qu'en amateur, revint vers les deux dames, s'attendant peut-être à de nouveaux éloges ; mais la baronne Julie ne mentait jamais ; elle lui avoua donc qu'elle ne l'avait point écoutée, absorbée qu'elle était par une intéressante conversation avec sa mère. — « Je n'ai perçu de votre chant, dit-elle, qu'un gazouillement de rossignol qui aurait accompagné ma pensée. »

— Allons, pensa la jeune fille, cela vaut toujours mieux que la serinette de papa.

Il était déjà tard, et Mme d'Afléville n'aimait point à faire veiller ses gens. Prenant donc affectueusement congé de la société, elle invita le jeune comte à venir faire prochainement connaissance avec son vieux château et les beaux bois dont il était entouré.

CHAPITRE IV.

On fait tant de bruit, il règne un si grand tumulte dans la maison de Mme Potin, qui reçoit des hôtes arrivant de la ville, tout en attendant ses invités du soir, que, si vous m'en croyez, nous irons retrouver le comte Melchior en visite chez la baronne Julie.

J'aime peu le luxe en général, mais en particulier je déteste celui qui n'a point sa raison d'être. Les entassements de meubles inutiles, les expositions de babioles, plus ou moins curieuses, m'ont toujours inspiré des doutes sur les gens qui se plaisent dans ces intérieurs de parade. On a beau dire : C'est la mode ! — Fi donc ! le goût et la raison doivent primer la mode chez les gens qui en sont doués, et savoir leur composer un cadre qui les distingue du vulgaire. — « Montrez-moi la chambre que vous habitez ordinairement, dirais-je volontiers aux femmes du monde, et je vous dirai qui vous êtes. »

En conséquence, la retraite favorite de Mᵐᵉ d'Afféville ne saurait me fournir une description bien longue...

C'était un petit salon fort simple, tendu d'une jolie perse à bouquets, avec un meuble de velours vert uni ; une table de milieu, un petit bureau, et un piano droit tout en ébène incrusté de bois de rose. Mais le piano était ouvert, le bureau étalait son pupitre et son buvard, et, sur la table, une grande corbeille à ouvrage, des livres et des journaux escortant un superbe bouquet, annonçaient la vie active et remplie d'intelligentes occupations de la femme qui s'était arrangé cette jolie cellule. Enfin (détails carac-

téristiques !) une porte ouverte laissait apercevoir, dans l'appartement voisin, les rayons
d'une bibliothèque... ; et ces deux chambres
s'éclairaient, non par des fenêtres, mais par
d'énormes glaces sans tain, largement ouver-
tes sur la campagne.

Le comte n'était pas attendu si tôt ; mais il
n'en fut que mieux accueilli ; et, tout d'abord,
il se sentit à l'aise dans cette atmosphère aimable
et souriante de la noble châtelaine.

— M'excuserez-vous, Madame, d'avoir pro-
fité, sans délai, de la permission que vous
avez daigné m'accorder ?

— Ah ! Monsieur, cet empressement de
vous à moi n'est-il pas la plus flatteuse des po-
litesses ?

Et le jeune homme une fois bien installé
dans un bon fauteuil, que l'on prit soin de
tourner en regard du magnifique panorama,
s'étendant à perte de vue sur un plan incliné,
on se mit à causer sans effort, et même avec
une cordialité enjouée.

Le comte avoua que, très-désireux de venir
faire sa visite, il avait saisi au bond une parole de sa cousine, exprimant des doutes au sujet de la présence de son amie à la fête du
soir. — « J'ai tout de suite offert de venir
joindre mes instances à celles de ma cousine,

2*

Madame ; mon personnage auprès de vous est aussi intéressé qu'officiel ; et, si vous daignez m'accorder la grâce qui fait l'objet de mon ambassade, je prendrai votre heure ; j'irai, en attendant, faire une petite excursion dans le beau bois que j'aperçois d'ici, puis je reviendrai pour avoir l'honneur de vous escorter, en écuyer cavalcadour.

— Ah ! Monsieur, ce serait faire beaucoup trop de frais pour une pauvre vieille femme ; et d'ailleurs je vous avoue que je n'ai pas l'intention de sortir ce soir ; car, autant je recherche l'intimité, autant je redoute ces réunions d'apparat qui ne conviennent ni à mon âge, ni surtout à ma position.

—Ah ! Madame, dit le jeune homme avec conviction, votre présence est toujours et partout si ardemment souhaitée, que j'ose encore tout espérer de votre charité bien connue. En habile diplomate, j'ai dû prendre des notes sur votre caractère, avant de venir à vous, et me voilà prêt à en user.

— Fort bien !... Si j'avais pu m'attendre aux périls de cette conférence , vous auriez peut-être trouvé mon vieux pont-levis dressé... Mais, voyo s, jeune homme, que comptez-vous donc faire de moi ce soir , pendant que vous tourbillonnerez avec nos belles jeunes filles ?...

Une tapisserie, plus ou moins endormie ?... De grâce ! laissez-moi sommeiller en paix dans mon lit !

— J'ai dans l'idée, Madame, que vous n'êtes point de celles qui dorment, quand elles ont mieux à faire.

— Vous voulez donc alors que je passe le temps à épiloguer, vous et vos danseuses, avec toutes les jalousies et les sévérités de mes cinquante ans ?...

— Nous nous livrons à vous, Madame, pieds et poings liés....

— Ce serait un peu gênant pour la circonstance, fit gaîment la baronne. Mais, bientôt, reprenant toute sa gravité : Monsieur, continua-t-elle avec un soupir, j'aurais souhaité que Mᵐᵉ Potin me dispensât de cette brillante réunion ; je ne comprends même pas son insistance à vouloir m'y entraîner, car elle connaît les peines de ma vie. Il m'en coûterait d'attrister votre jeunesse, Monsieur, des trop douloureuses excuses que je pourrais vous fournir ; mais mon amie devrait penser que, si le cours paisible et réglé de l'existence endort parfois le chagrin, l'agitation fiévreuse et les bruits d'une fête le réveillent !... Enfin, je ne voudrais point pourtant désobliger Adélaïde, et je serais bien aise aussi de faire honneur à votre aimable démarché... Vous m'emmènerez donc, Monsieur. Mais, dites-moi, la famille Biéville, que l'on attendait aujourd'hui, est-elle arrivée ?

— Au grand complet, Madame... Et, tout heureux d'avoir gagné sa cause, le jeune Parisien se mit à énumérer malignement sur ses doigts : Trois jeunes filles brunes ; deux jeunes gens blonds... un père chauve, une mère... chinchilla ; puis un vieil oncle aux trois quarts momifié, et, enfin, une tante... oh !... une tante dans l'étoffe de laquelle on en taillerait aisément deux... ce qui nous ferait le joli total de dix personnes...

— Neuf, dit la baronne...

— Dix, Madame... jamais je ne consentirai à poser en simple unité une tante qui en vaut deux — au lit, à table, comme en voiture !...

— A quelle arithmétique fantaisiste empruntez-vous vos calculs, Monsieur ? dit la baronne en riant de tout son cœur. La pauvre tante Glossinde vous serait fort obligée, assurément, de la valeur exceptionnelle que vous lui donnez... Elle en a pourtant une belle et bonne, à ma connaissance, devant Dieu et devant les hommes, je vous assure, continua la charitable chrétienne ; mais pour l'apprécier convenablement...

— Il nous faudrait de solides bascules ! interrompit le comte.

— Non, Monsieur ; car il s'agit du cœur de cette excellente créature, et les petites balances avec lesquelles on pèse l'or nous suffiront. Et d'abord, apprenez que Mlle Glossinde d'Herbois fut dans son temps une jolie et agréable personne, que les beaux jeunes gens d'alors appréciaient aussi, mais non pas à votre manière. Vous avez beau me regarder de cet air incrédule : les vieilles femmes ont été jeunes, Monsieur...

— C'est précisément quand je vous regarde, Madame, que je ne saurais en douter, fit le jeune comte en s'inclinant.

— Elle épousa le chevalier de Biéville, et ils vivaient ensemble dans un état de fortune voisin de la gène, s'estimant heureux de ne point avoir d'enfants, lorsque le choléra de 1832 vint leur imposer un orphelin, neveu de M. de Biéville. Celui-ci se fût dispensé volontiers de cette charge ; mais sa femme, au contraire, se montra toute disposée à ouvrir ses bras et son cœur à l'enfant que Dieu lui envoyait ; et, comme cet enfant était en âge de commencer ses études, la courageuse tante dut songer à le pourvoir d'une bonne éducation.

On n'avait point alors dans les petites villes les ressources qu'elles partagent maintenant avec de plus grands centres ; bien des parents

regrettaient de ne pouvoir procurer des talents
d'agrément à leurs enfants, faute de professeurs.
Jugez-en : à R..., c'était un ancien chef de musique militaire qui donnait des leçons de piano ;
et notez qu'il n'en touchait pas ; il enseignait de
même le solfége, la guitare, la harpe, n'étant
capable, en réalité, de professer autre chose
que le trombone ou la petite flûte !... Or Mme de
Biéville, qui chantait agréablement en s'accompagnant du piano, passait pour une virtuose ;
d'aucuns même, n'ayant jamais mis le pied à
Paris, prétendaient qu'elle n'eût point été
déplacée à l'Opéra, et la bonne dame ne demandait pas mieux que de le croire. Ce fut donc de
la meilleure foi du monde que, pour se créer
les ressources nécessaires à l'éducation de son
neveu, elle en vint à offrir ses leçons aux jeunes
personnes de R..., lesquelles acceptèrent d'enthousiasme.

C'était le beau temps de la vogue des romances de Mlle Loïsa Puget ; on faisait merveille alors avec ces jolis refrains, à la portée des talents les plus médiocres ; les dilet-
tanti de R... en raffolèrent, et ne se lassaient
point de les entendre gazouiller à leurs filles...
et au fait, cela valait peut-être mieux que les
chansons de Thérésa, ou le répertoire des opé-
rettes modernes.

Que vous dirai-je, Monsieur ? Pendant que la bonne tante Glossinde faisait ainsi *florès* en qualité de professeur, l'épouse de M. de Biéville n'en était certainement ni moins honorée, ni moins honorable, et l'éducation du neveu se poursuivait avec fruit. Il devint un homme instruit et distingué, et sa mère d'adoption eut le bonheur de le voir débuter comme substitut au tribunal de R... dont il est maintenant président... Enfin, comme il arrive parfois, et même plus souvent qu'on ne pense, que le dévoûment ait sa récompense dès ce monde, la Providence envoya à tante Glossinde un héritage tout à fait inespéré, ce qui lui permit de marier convenablement son neveu, et d'abandonner ses leçons de chant, au moment précis où l'enthousiasme commençant un peu à baisser, les cachets devenaient plus rares.

— Merci, Madame ; jamais plus je ne me permettrai de plaisanter sur le compte de cette respectable femme ; car, moi aussi, j'étais orphelin, et mieux qu'un autre je dois apprécier un dévoûment qui a manqué à ma première jeunesse : c'est peut-être même à l'absence presque complète des affections de famille que je dois cette disposition un peu sceptique qui me fait regarder le mariage avec une sorte d'effroi... Dites-moi, Madame, pensez-vous que l'on trouve beaucoup de cœurs dévoués parmi les jeunes filles de notre temps ? Toutes celles que j'ai rencontrées jusqu'ici m'inclineraient plutôt à penser, avec M. de Maistre, que « la femme est un être qui s'habille, babille, et se déshabille ».

— Hélas ! soupira la baronne, songeant *in petto* qu'Alice ne faisait point mentir l'insolente définition. — Toutefois, Monsieur, prenez courage ; d'abord il est encore des femmes qui méritent la confiance d'un honnête homme ; puis enfin, en admettant que l'éducation de votre jeune compagne laissât un peu à désirer, ne pourriez-vous pas essayer de la refaire ? L'amour est capable de tout, et le cœur qui s'éveille à ce sentiment en reçoit comme une nouvelle nature, dont il est possible de tirer parti. Les Orientaux disent : « La femme sage fait le mari sage ». Peut-être que chez nous autres, gens de l'Occident, il faudrait retourner la maxime ?

— Ah ! Madame, ne me parlez pas d'un mari professeur de morale et d'économie domestique ! s'écria le comte ; c'est le plus ridicule et le plus ennuyeux personnage qu'on puisse jouer auprès d'une femme ! L'amour lui-même ne résiste pas aux griefs quotidiens que soulève un pareil état de choses ; il y perd une à une toutes ses illusions, et finalement se noie dans le pot au feu !...

— Que voulez-vous donc alors ?... Toute société humaine, ne se composât-elle que de deux personnes, a besoin d'un gouvernement; si ce n'est pas le mari qui s'en charge, il faut bien que ce soit la femme... ou nous voilà en république... Serait-ce donc votre idéal, Monsieur ?

— Oh ! non ; je sais trop ce que vaut ce régime appliqué à mon pays, pour en essayer dans mon ménage. J'ambitionnerais plutôt une sorte de monarchie constitutionnelle, dont ma femme serait le ministre de l'intérieur (ministre responsable, s'entend), avec la devise : Le Roi règne, et ne gouverne pas.

— Fort bien, Sire ! mais il me semble que l'édifice matrimonial que vous avez dessein de fonder sur ces assises est au moins d'ordre composite... Résumons-nous, s'il vous plaît : vous aimez les illusions, mais vous ne détestez pas le positif ; chez vous, la réalité confine à la poésie ; et, pour vous plaire, il faudrait que votre aimable compagne, aussi raisonnable que séduisante, se doublât encore d'une maîtresse de maison consommée ?

— Précisément ! s'écria le comte.

— Allons, allons !... décidément vous êtes

resté beaucoup plus naïf que je ne le pensais,
jeune homme ; vous nourrissez encore bon
nombre d'illusions, fit la baronne avec mélancolie... — Quant à moi, je vous le dis : si
jamais vous rencontrez cette femme véritablement complète, cette perle inestimable... il vous
faudra suivre aussitôt le conseil de l'Evangile :
« vendre tout pour l'acquérir ! »

— Ah ! sans doute ! mais avouez pourtant, Madame, qu'il est pénible de penser
que le hasard dispose d'une pareille rencontre.

— Vous oubliez la Providence, qui n'est point
aveugle, Monsieur... Mais, c'est nous qui nous
oublions, ajouta précipitamment la baronne
en désignant la pendule : pendant que nous
bavardons ainsi, l'aiguille marche, et je n'ai
plus que le temps d'aller faire ma toilette, si
nous voulons arriver pour l'heure du dîner.
Quant à vous, Monsieur, je crois bien qu'il
vous faut renoncer à la promenade au bois ;
mais, en m'attendant, si vous l'agréez, mon
valet de chambre vous fera visiter mon vieux
manoir.

Le comte s'empressa d'accepter la proposition,
et bientôt il eut à contempler plus d'une merveille. La baronne n'était point précisément
amateur d'antiquités ; mais comme elle possé-
dait le tact de tout ce qui est harmonieux et

beau, les vieux murs de son château se décoraient de tout ce qui pouvait convenir à leur noble physionomie : riches tapisseries , glaces de Venise, bahuts sculptés, tableaux précieux, s'étalaient là avec une grâce austère et sobre, à cent lieues de notre bric-à-brac moderne ! On sentait que la recherche et le besoin de briller n'avaient point de part à ce luxe, simplement recueilli comme un legs des générations, et l'on admirait le goût intelligent qui savait maintenir en œuvre ces vieux et honorables agents du passé.

Il restait encore quelques coins à visiter, lorsque la baronne fit savoir qu'elle était prête. Le cheval, tout sellé, attendait son cavalier ; mais le comte sollicita la faveur de monter dans le coupé de Mme d'Afféville , abandonnant volontiers à un domestique son rôle d'écuyer cavalcadour.

— Vous allez me compromettre !... fit gaîment la baronne, et vous perdrez en partie la vue d'un admirable paysage...

— Ne savez-vous pas, Madame, qu'en fait de jouissances, tout dépend des goûts ? Or, le mien serait certainement de ne pas vous quitter, si vous vouliez bien me le permettre...

— Allons ! montez... mais qui pourrait jamais croire que vous n'avez point été élevé

par une mère ?... vous avez toutes les allures
d'un enfant gâté ! Et, disant ceci, les yeux
de la baronne se mouillèrent de larmes : ce
grand jeune homme s'installant auprès d'elle,
la faisait songer à son fils, qui eût été du même
âge... A son insu, le comte ne perdit rien à
avoir évoqué ce souvenir maternel ; l'impression en fut si douce au cœur de la baronne
Julie, qu'à partir de ce moment, elle eut un
faible très-marqué pour lui.

On rêvait donc, de part et d'autre ; et, sans
un léger incident, la route se fût peut-être
accomplie en silence. Le comte n'avait pu
s'empêcher de remarquer une délicieuse minia-
ture entourée de diamants, qui servait d'agrafe
à la mantille de dentelle noire portée par
Mᵐᵉ d'Afflléville : c'était une tête d'enfant. — « Mon
fils, dit-elle, en s'inclinant gravement vers son
compagnon, comme pour une présentation... et
mon mari », ajouta-t-elle, en découvrant un magnifique bracelet, au centre duquel se voyait
le portrait d'un homme, dans tout l'éclat de la
jeunesse... C'étaient les bijoux de la veuve...

Mais des scènes toutes différentes allaient
succéder à ces mélancoliques impressions. La
belle et vaste maison de Mᵐᵉ Potin, décorée et
fleurie à profusion, ouvrait ses portes toutes
grandes à un flot d'invités. Le comte Melchior

y fit une fort belle entrée, la baronne au bras,
tandis que Mᵐᵉ Potin, doublement fière d'avoir
à le présenter sous ces auspices, déclarait avec
une humilité superbe que, bien certainement,
c'était à l'éloquence de son jeune parent qu'elle
devait de posséder, en ce jour, sa sauvage amie.
Ce fut une véritable ovation ; tout le salon
s'ébranla d'un même élan, et derrière la tribu
des Biéville, la tante Glessinde, arrivant en
retard, eut grand'peine à franchir le cercle qui
s'était formé autour de la baronne.

— Eh bien ! vous voilà donc... dit-elle en
l'étreignant de ses robustes bras ; n'êtes-vous
pas heureuse, après tout, de vous voir si
aimée ?

— Vous avez raison ; j'eusse fait une
grande sottise en me privant de venir !... Et,
disant ceci, elle le pensait, car, si serrés que
soient les cœurs aimants, ils se dilatent dans
une atmosphère d'affections vraies.

Le dîner fut splendide ; la soirée s'annonçait
des plus brillantes, et à l'étiquette des premiers quadrilles succédait une valse pleine
d'animation. Le comte lui-même, oubliant la
récente rigueur de ses jugements, admirait
l'élégante beauté d'Alice, tout en l'entraînant
dans un tourbillon vertigineux... Mᵐᵉ Potin
triomphait, et pensait que, grâce à l'absence

de son mari, tout allait pour le mieux , dans le
meilleur des mondes possibles !... lorsque, tout
à coup, ô terreur ! ne voilà-t-il pas qu'elle
aperçoit, encadrée dans une petite porte de
dégagement, une tête... oh ! quelle tête !... la
tête de M. Potin, aussi sombre, aussi terrifiante
que celle de Jupiter en courroux !...

Il lui fait un geste impérieux... Junon hésite ;
elle est fière !... mais enfin, craignant de voir
éclater la foudre au beau milieu de son bal,
elle s'accroche désespérément à la baronne, sa
voisine : « Venez avec moi, je vous en supplie, dit-elle ! Vous seule pouvez conjurer la
colère de mon mari... Le voilà de retour, avec
ma nièce, tout à point pour venir nous faire
une esclandre.

— Ne croyez donc pas cela : M. Potin est
le meilleur des hommes, dit Mᵐᵉ d'Afflèville,
tout en suivant son amie à travers les groupes
tourbillonnants des valseurs. — Mais vous
ne l'attendiez que demain soir ?

— Justement ; il est en avance, et doit
être furieux de trouver tout en l'air ici !...

— Calmez-vous !... nous l'apaiserons, ma
chère...

Il n'en fut pas besoin : M. Potin était vif,
mais sage. Considérant donc que la leçon qu'il
devait à sa femme pouvait se remettre, tandis

qu'il était urgent d'assurer à sa jeune compagne de voyage un accueil moins orageux, il prit celle-ci par la main, et la présentant à sa tante, il se borna à réclamer, sans délai, un lit pour la pauvre enfant qui avait passé la nuit en wagon.

— « Comment ! fit Mme Potin, très-embarrassée, tout en embrassant sa nièce du bout des lèvres, cette chère petite ne prendra-t-elle pas d'abord quelque chose ?... un léger souper ?...

— Je vous répète qu'il ne lui faut qu'un lit... nous avons dîné à la gare.

— Ah !... mais... que faire alors ?... Les demoiselles Biéville ne se sont-elles pas emparées de trois chambres, au lieu de deux que je leur destinais ! Il faudra déménager alors, car il ne me reste plus d'autre appartement que celui que je réserve à l'Archevêque ; vous savez que l'on m'a annoncé sa visite.

— Notre nièce l'occupera en attendant Son Excellence... Veuillez donner des ordres, s'il vous plaît dit M. Potin d'un ton qui n'admettait point de réplique.

Il fallut obéir ; mais, tout en s'en allant, la tante réfléchit qu'il serait vraiment scandaleux de laisser à cette petite fille la belle taie d'oreiller, brodée et garnie de fine valencienne, qu'elle destinait au prélat ; elle fit aussi changer le linge de toilette, et emporta les flacons d'odeur.

Pendant ce temps, Alice, intriguée de l'absence de sa mère et de la baronne, arrivait pour s'en informer. Les deux cousines furent présentées l'une à l'autre, et s'embrassèrent, la jeune étrangère tout éblouie de la vision de cette belle personne, en toilette de bal, dont le type ne lui était jamais apparu que sur des gravures de modes, et Alice, remarquant avec satisfaction, de son côté, qu'il était peu probable que la nouvelle venue lui enlevât jamais la conquête de son beau cousin.

En effet, la pauvre enfant, pâle d'émotion, accablée de fatigue, et enveloppée de longs voiles de deuil, semblait faite pour mettre en relief l'éclatante beauté de sa cousine.

M. Potin venait de s'absenter, en recommandant sa nièce aux soins de sa fille, lorsque l'appel d'une mazourke vint faire tressaillir cette dernière. — « Ma cousine, dit-elle avec un peu d'embarras, puisque vous allez vous coucher et que mon cavalier m'attend... permettez-moi de vous souhaiter le bonsoir... »

Mme d'Afféville était miséricordieuse, mais elle devenait, dans certains cas, *justicière*... et l'égoïsme d'Alice la révolta. Rappelant donc la jeune fille qui s'éloignait :

— Quel est le cavalier qui vous attend ?... dit-elle.

— C'est mon cousin ; il est là, dans la chambre à côté.

— Ah ! fort bien. Et Mᵐᵉ d'Afléville se dirigea prestement vers la porte ; puis elle fit un signe au jeune homme : « Comte, dit-elle, venez ici, s'il vous plaît. »

Il se hâta d'obéir ; alors la baronne lui présentant la voyageuse, « Monsieur, dit-elle, voici votre jeune cousine, Mˡˡᵉ de Moraigne, qui, fatiguée d'un long et rapide voyage, aurait grand besoin de votre bras pour monter à son appartement ». Et, à la grande stupéfaction d'Alice, le cousin changea aussitôt de cousine ; elle le vit s'éloigner, gravissant en cérémonie, et toujours escorté de la baronne, le grand escalier d'honneur qui conduisait à la chambre de l'Archevêque, sans même lui avoir fait d'excuses pour la mazourke qu'elle manquait...

Quand on eut pris congé du comte Melchior, et la porte refermée, Mᵐᵉ d'Afléville dit à la jeune fille, tout en lui aidant à se débarrasser de son manteau :

— Comment vous nommez-vous, ma chère enfant ?

— Je m'appelle Aimée, Madame...

— Aimée... oh ! le joli nom ! et qu'il est de bon augure !

— Il ne me va plus... fit-elle avec un gros soupir, puisque je suis orpheline...

— Ah ! certainement ; vous avez perdu les meilleures affections ! Cependant, prenez courage ; la vie vous en réserve d'autres, sans doute. Pour commencer, voulez-vous la mienne ?... Je suis une ancienne amie de votre père.

— Oh ! oui... s'écria la pauvre petite, nouant aussitôt ses bras au cou de la baronne, et pleurant enfin de tout son cœur : car, depuis son arrivée, il lui avait fallu contenir ses larmes, et elle n'en pouvait plus !

Mᵐᵉ d'Afféville la laissa faire, puis la consola doucement, et parvint, peu à peu , à la calmer. Enfin elle l'engagea à se mettre au lit, offrant de lui envoyer une femme de chambre.

— Oh ! non... dit la jeune fille avec une sorte d'effroi ; je n'ai besoin de personne ; et grâce à vous , Madame, qui avez été si bonne, et qui m'avez fait pleurer, je dormirai bientôt, je l'espère.

— Bonsoir donc, mon enfant... ma petite Aimée, dit maternellement la baronne, en déposant un dernier baiser sur son front ; nous

nous verrons souvent, j'espère, et nous deviendrons d'excellentes amies : je vous le promets !

Sur l'escalier, Mme d'Affléville rencontra l'oncle et la tante, qui comptaient visiter leur nièce ; mais elle les engagea à n'en rien faire : « Laissons-la dormir », dit-elle. Enfin, ayant demandé sa voiture, et M. Potin l'accompagnant jusqu'au bas du perron : « Elle me plaît infiniment, la fille de ce pauvre Victor !

— Et à moi donc !... répondit M. Potin. Si sa femme l'eût entendu, elle n'aurait pas manqué de dire, en haussant les épaules : « Ecoutez l'écho de la baronne Julie ! »

CHAPITRE V.

La maison de Mme Potin ressemblait au château de la Belle au Bois-Dormant : presque partout, les volets fermés avec soin essayaient de prolonger une nuit dont les plaisirs et la fatigue avaient employé une trop grande partie.

Il était près de six heures et demie , lorsqu'une petite main, soulevant un rideau, donna
le signal du réveil, puis la fraîche figure d'une
jeune fille s'encadra dans les plis de la mousseline : c'était Aimée qui, bien reposée par
un long sommeil , et matinale comme une
pensionnaire, étudiait de ses premiers regards
les lieux où elle allait avoir à vivre.

Sous les fenêtres, une magnifique pelouse,
encadrée de massifs de fleurs, entourait deux
pièces d'eau figurant de petits lacs ; et sur le
terrain , en forme de butte, qui les séparait ,
on avait élevé une jolie chaumière, auprès
de laquelle l'eau du premier lac, se déversant
dans le second, formait une pittoresque cascade... Le tout s'accompagnait de petits ponts
rustiques, de larges allées bien sablées, et enfin
d'une foule de jolies retraites, où des bancs
s'installaient, commodément placés, sous de
beaux groupes d'arbres.

C'était charmant !... et pourtant Aimée soupira... Toutes ces belles choses ne valaient
point pour elle les allées droites bordées de
maigres plates-bandes du jardin de son couvent. A cette heure matinale, un léger brouillard
revêtait de teintes grises ce paysage qu'un
rayon de soleil eût rendu si aisément souriant ;
de sorte que la jeune fille, dominée d'ailleurs

par un sentiment de tristesse, n'accorda point tout d'abord à ces beaux lieux le tribut d'admiration qu'ils méritaient... Elle leur trouvait des grâces trop étudiées, se disant qu'un tel jardin était bien le corollaire de la maison pleine de musique et de bruit, dont ses regards et ses oreilles conservaient encore l'irritant souvenir... Au fond, ce qui lui avait tant déplu, c'était l'accueil glacial de sa tante et de sa cousine, rendu plus douloureux encore par le contraste d'une fête.

Toute la toilette d'Aimée s'acheva sous cette triste influence, qu'elle essayait vainement de combattre, car nous sommes tous faibles devant le sentiment de notre isolement. Enfin la pauvre enfant allait demander à sa prière du matin les forces qu'elle ne trouvait point en elle-même, quand le son d'une cloche vint la faire tressaillir ; et comme elle ouvrait doucement la fenêtre pour mieux entendre ce pieux appel, une femme âgée, portant sous le bras son livre de prières, leva la tête, comme pour voir d'où partait ce premier bruit de la maison.

— Vous allez sans doute à la messe, Madame ? dit Aimée à demi-voix.

— Oui, Mademoiselle, répondit-on avec une grande révérence.

— Oh ! si vous vouliez avoir la bonté
de m'attendre ?... je serais prête dans l'instant.

— Bien volontiers, Mademoiselle.

Aimée prit à la hâte son manteau et son
chapeau, qu'elle avait déposés la veille sur un
fauteuil, et se glissant avec précaution tout du
long du corridor, de l'escalier et du vestibule,
rejoignit sa respectable conductrice.

Mlle Francine était une honnête personne
exerçant chez Mme Potin des fonctions assez
complexes, de la lingerie à l'office, — femme de
confiance enfin, dans toute l'acception du mot.
Son édification fut grande en voyant que
la voyageuse fatiguée de la veille voulait con-
sacrer à Dieu le premier acte de sa journée ;
aussi se promit-elle de lui rendre , à l'occasion , tous les bons offices dont elle serait
capable.

L'église était modeste, mais bien tenue ;
l'officiant avait un air vénérable , et ses
rares assistants paraissaient fort recueillis :
c'étaient les fidèles du troupeau. Mlle Francine aurait voulu conduire tout droit, en cérémonie, la jeune nièce au somptueux prie-Dieu
de sa tante, mais Aimée, déclinant cet honneur,
préféra s'agenouiller humblement auprès d'elle.

C'est un admirable et glorieux mystère que

l'union d'une âme pure à son Créateur !... La vie qu'elle puise à cette source sacrée s'épanche à longs traits, abondante et douce comme le lait d'une mère !... Aimée était si pleine de foi, que non-seulement la présence divine lui devenait sensible, mais que, dans ses moments de ferveur, il lui semblait que les célestes consolations prenaient, pour arriver à son cœur, l'accent de ses morts bien-aimés, et qu'elle n'avait plus qu'à se jeter dans le sein de Dieu, pour retrouver celui de sa mère !

Ce fut donc une complète transformation ; le courage et l'espérance lui revinrent avec la prière ; elle se retrouva pleine de jeunesse et de force pour lutter contre les difficultés de la vie ; et quand Mlle Francine, l'interrogeant du regard, fit mine de quitter l'église, elle se releva paisible et souriante.

La nature aussi s'était mise en harmonie avec les dispositions de la jeune fille : plus de brouillard ! Sous le gai soleil du matin, les oiseaux chantaient ; les petits enfants babillaient à la porte de l'école ; un troupeau de belles vaches se rassemblait aux sons de la corne du bouvier ; et quand on eut dépassé la porte de la cour, le jardin se montra tout à coup si gracieux et si frais, qu'Aimée ne put résister au désir de s'y promener un peu, avant de rentrer à la maison.

Lé beau temps ! le délicieux jardin ! pensait-elle, et qu'il fera bon venir ici lire ou travailler, soit à l'ombre de ces arbres, soit dans cette chaumière... quand les autres tiendront salon ! J'aimerais aussi à m'y promener avec mon oncle, qui paraît si bon, puis avec cette dame qu'on appelle la baronne, et qui a connu mon père... N'est-ce pas bizarre ! il est des personnes qui ne m'effarouchent nullement, tandis qu'il en est d'autres... enfin ! peut-être que ma tante et ma cousine gagneront à être connues.

En tout cas, j'ai eu du bonheur de rencontrer cette demoiselle Francine qui ne demande pas mieux que de m'accompagner à l'église, qui m'offre tous ses bons offices, et jusqu'à sa machine à coudre !... Ma cousine doit avoir au moins deux pianos, et me prêtera bien le plus mauvais... de sorte que me voilà tranquille : avec la prière, le travail, la musique, il n'y a pas moyen de s'ennuyer, et j'aurais grand tort de me plaindre. « Du courage, ma petite Aimée ! » dirait ma mère... « Allons, maman, j'en aurai ; je te le promets ! »

Et, ayant pris sa résolution, la jeune fille se leva du banc où elle s'était assise, et se mit à contempler toutes les beautés qui l'entouraient.

D'abord les massifs s'étendant sur la pelouse comme autant de palmes splendides sur un riche cachemire : roses, fuchsias, géraniums, zinias, verveines, glaïeuls, pétunias, tigridias... s'étageaient dans une véritable profusion ; puis, de ci, de là, des groupes de roseaux à longues quenouilles dorées, de superbes Palma-Christi, d'élégants tabacs, rappelaient la flore des tropiques, et venaient se mêler aux grâces moins robustes de la nôtre... Tout cela se mirait dans l'eau bleue des lacs ; Aimée s'y mirait aussi, la tête en bas... Plus d'une fois, elle avança la main pour cueillir quelques-unes de ces belles fleurs, afin de les emporter, comme un trésor et une compagnie, dans sa chambre : car c'était une artiste que notre petite Lorraine, et ses aquarelles valaient bien, peut-être, les fameux croquis de sa cousine ; mais, sa discrétion ayant encore toutes les naïvetés de la pensionnaire, elle n'osa point se permettre un aussi gros délit ; et avisant, sur les pentes gazonnées qui rejoignaient la rivière, quelques humbles fleurettes des champs : « Voilà mon jardin, à moi ! » dit-elle ; et elle se mit joyeusement à en former une gerbe, qui, pour n'être pas aussi riche que celle que lui eussent fournie les massifs, n'en était pas moins gracieuse !...

C'est ainsi qu'elle s'en revenait à pas lents,

disposant ses fleurs avec goût, et y entremêlant
au passage quelques herbes folles, ou les pana-
ches odorants du plantin, lorsqu'elle aperçut,
au détour du sentier, un jeune homme venant
à elle, et qu'elle ne reconnut point tout d'abord...
C'était pourtant celui dont elle avait accepté le
bras pour gagner la chambre de l'Archevêque :
son beau cousin Melchior qui, la chanson et le
cigare aux lèvres, jouissait aussi de cette belle
matinée.

Il fallait bien se saluer... Le jeune homme
n'était point fâché d'ailleurs de revoir au grand
jour le petit oiseau de nuit que, la veille, il
avait deviné si palpitant et effaré sous ses longs
voiles. D'un regard exercé, il en eut bien vite
pris le signalement : plus jolie que belle; profil
fin, peau brune, mais fraîche... beaux cheveux
châtains, bien à elle... enfin, pleine de race
dans sa petite taille !

— Mademoiselle ma cousine, dit-il avec
plus de cordialité que de respect (car il pensait
qu'Aimée avait dix-sept ans à peine, bien qu'elle
en eût vingt), comment vous portez-vous ?
Êtes-vous tout à fait remise des fatigues du
voyage ?... En tout cas, votre promenade matinale me le donnerait à espérer.

— Vous êtes bien bon, Monsieur ; je me
sens tout à fait reposée. Et, saluant derechef

le comte, Aimée voulait passer outre ; mais celui-ci avait aperçu le bouquet : « Charmantes fleurs, après tout, que ces filles de l'herbe ! dit-il ; je crois vraiment que l'on n'arriverait pas à ces effets de grâce et de légèreté avec les produits combinés de la serre et du jardin... Il est vrai que c'est surtout la bouquetière qui fait le bouquet... Est-ce par goût que vous avez ainsi choisi le vôtre, Mademoiselle ?

— J'aime toutes les fleurs, Monsieur , dit Aimée, mais celles-ci seulement appartiennent à tout le monde... voilà pourquoi je les ai cueillies.

— Allons... je vois que l'on vous a élevée dans une crainte salutaire du jardinier ; mais serait-ce une indiscrétion que de vous deman-der à qui vous comptez faire hommage de cette œuvre d'art ? la verrons-nous s'épanouir dans une potiche du salon ?

La jeune fille demeura tout intimidée...
— « Monsieur, dit-elle , je n'oserais offrir mes fleurs à personne... elles sont pour moi, et me tiendront compagnie. .

— Charmante mission ! et qui nous ramène droit à l'axiome : Qui se ressemble s'assemble, fit galamment le comte ; cependant, j'imagine que la conversation ne sera pas très-animée ?

Aimée rougit, hésita ; puis prenant son parti

et relevant sur le jeune homme un pur et profond regard : « Monsieur, dit-elle, ce que
disent les fleurs est aussi aimable que salutaire :
elles nous parlent de la grandeur et de la bonté
de Dieu ; elles nous disent aussi qu'il nous
aime jusqu'au point de s'occuper de nos
plaisirs.

— Heureux et bénis sont ceux qui, comme
vous, Mademoiselle, interprètent ainsi le langage des fleurs !

Et saluant profondément la jeune fille, il
s'éloigna tout pensif ; enfin, parvenu à l'endroit
où deux sentiers se rencontrant formaient une
sorte de petit cabinet de verdure bien ombragé,
et pourvu d'une table et d'un banc confortables,
il tira un journal de sa poche, le déplia dis-
traitement, fit mine de le lire ; mais bientôt,
répondant à sa pensée, entre deux bouffées de
cigare : « Quels yeux étranges que ceux de
ma petite cousine ! dit-il ; il m'en est resté
l'impression de deux pervenches... oui, de ces
jolies pervenches d'un bleu velouté, qui fleu-
rissaient si bien dans notre jardin du Berry, et
que ma mère aimait tant !... »

Aimée, de son côté, regagnait la maison, ne
rencontrant au passage que des domestiques
affairés ; mais à peine rentrée dans sa chambre,
Mlle Francine apparut, munie d'un plateau sur

lequel était déposée une tasse de café au lait, accompagnée d'un petit pain de l'aspect le plus agréable, surtout pour un appétit bien ouvert. Après son déjeuner, la jeune fille installa son bouquet dans un vase plein d'eau, sur une petite table, puis elle se mit à faire courir, tout à la fois, son aiguille et ses pensées.

A la voir ainsi paisiblement occupée, on eût pu croire qu'elle habitait là depuis longtemps, et reprenait tout simplement le programme de la veille... Mme Necker raconte quelque part que son père, voyageant toujours entouré de sa famille, recommandait à ses enfants de savoir, au besoin, s'installer dans un quart d'heure [1]. Aimée était de cette laborieuse école.

Vers onze heures, un petit coup fut frappé à la porte... C'était M. Potin qui, tout en embrassant cordialement sa nièce, s'excusa d'arriver si tard, « dans la crainte de venir trop tôt, dit-il, et d'interrompre un repos dont la voyageuse devait avoir besoin, autant, peut-être, que les danseuses de la veille ». Depuis cette bonne intention, les affaires, la correspondance, l'avaient accaparé de telle sorte, qu'il lui était devenu impossible de quitter son bureau et ses ateliers; mais il avait eu des nouvelles d'Aimée par son

1. L'Éducation progressive, par Mme Necker-Saussure.

3

domestique, qui les tenait de Mlle Francine...

— J'ai été bien heureux, mon enfant, d'apprendre que toute fatigue ayant disparu, avec une bonne nuit, vous aviez trouvé, sans moi, le chemin de l'église et du jardin; j'espère avoir une autre fois le plaisir de vous y accompagner; et quant à nos environs, qui ne manquent ni d'intérêt, ni de pittoresque, je compte bien aussi vous en faire les honneurs... Oui, de temps en temps, nous nous accorderons une petite vacance, et tous deux, dans mon tilbury, attelé de ma bonne vieille Cocotte, nous nous en irons sans rien dire à personne, tantôt à la forêt, tantôt à la jolie chapelle de Sainte-Philomène, ou bien à ce curieux petit lac sur la montagne, que l'on appelle la *Fosse au Mortier*... Je ne sais pourquoi, mais j'ai dans l'idée qu'il vous plairait mieux de vous en aller ainsi paisiblement, qu'avec tout ce grand *tralala* obligé des excursions fashionnables de ma femme et de ma fille... Entre nous, elles ne veulent du spectacle de la nature qu'à grand orchestre... ce qui prouve qu'elles l'aiment fort peu, et ne le comprennent pas du tout...

L'oncle en était là de ses projets et de ses confidences, qu'Aimée s'apprêtait à interrompre par des remerciments, lorsqu'on heurta de nouveau : c'était Mme Potin, et elle arrivait le sourire aux lèvres, les bras tendus, comme une tante qui, ayant eu le loisir de repasser son rôle, se propose de le jouer un peu mieux que la veille ; mais, à défaut de rancune, la nièce, ayant de la mémoire, ne répondit qu'avec une sorte de réserve aux tendres effusions dont elle se sentait plus surprise que touchée.

— « Eh ! que vois-je, mon enfant?... vous voilà tout de noir habillée des pieds à la tête !... Hier, je ne songeais pas à m'en étonner ; vous étiez en costume de voyageuse ; mais ce matin, permettez que je vous rappelle les usages. Certainement vous avez fait une grande perte !... Toutefois deux longues années se sont écoulées depuis, et il y a temps pour tout ! Vous avez bien assez porté ces sombres livrées qui attristent votre jeunesse : il nous faudra songer à vous procurer d'autres vêtements.

— Oh ! non... s'écria la jeune fille, avec un geste d'effroi... » Puis bientôt, réfléchissant qu'après tout cette proposition ne pouvait être un ordre : « Ma tante, dit-elle résolument, je vous serai très-reconnaissante de vouloir bien me laisser libre sur ce point : orpheline et Lorraine, je porte à la fois deux grands deuils : celui de ma mère, et celui de mon pays !

— Vous êtes patriote, ma nièce, à ce que je vois... Fort bien ! mais peut-être avez-vous aussi quelque chose de l'exaltation de votre père ? Il me souvient que c'était le plus grand. travers de ce pauvre Victor !... » fit Mme Potin avec une sorte de compassion.

Aimée allait répondre ; ses yeux parlaient ; mais elle craignit de manquer envers les vivants de ce respect qu'elle avait pour les morts... M. Potin vint à son secours : « Madame, dit-il sévèrement, il me semble que les malheurs qui ont déjà pesé sur cette jeune tête lui permettent au moins de décider la façon dont il lui convient de les pleurer. Il ne s'agit plus ici de vos petites convenances mondaines, mais de grands et respectables sentiments. Vous ignorez ce que votre nièce a souffert, mais quand vous saurez que cette guerre, qui lui a pris son pays, a hâté la mort de sa mère, brûlé sa maison, saccagé son héritage, ne lui laissant d'autre asile que celui d'un couvent dans une ville assiégée et affamée..., peut-être comprendrez-vous mieux le grand, le double deuil que s'impose cette noble enfant, au delà du terme banal qu'ont fixé vos usages...

— Ma pauvre nièce ! dit Mme Potin véritablement émue à ce tableau, avez-vous donc supporté tout cela, à votre âge ?... C'est affreux à penser... mais pourquoi donc n'êtes-vous pas venue tout de suite auprès de nous ?... Je vous aurais emmenée à Bruxelles avec ma fille.

— C'est cela ! toute seule, à travers les Prussiens !... Mais savez-vous, Madame, que votre ignorance des périls et des difficultés de toutes sortes que nous avait créés cette horrible guerre, donnerait à penser que les échos belges vous en ont singulièrement adouci les détails?... Votre pauvre nièce !... mais elle a encore été bien favorisée, au lendemain de la mort de sa mère, de pouvoir trouver l'asile d'un couvent, dans la ville de Metz, puisque Frédéric-Charles avait incendié sa maison et son village...

— Ah ! mon Dieu, c'est affreux ! c'est abominable ! s'écriait Mᵐᵉ Potin... Mais on vous a donné une indemnité, au moins?... Ainsi, ma chère enfant, vous avez manqué de sel, et vous avez mangé du cheval !... Ah ! les entêtés ! que ne se rendaient-ils plus tôt !... ils se fussent épargné bien des jours de misère !...

— Le plus misérable entre tous ces jours fut encore celui où l'on capitula, ma tante, dit Aimée, frémissante et sombre...

— Bien, cela ! ma brave petite Lorraine, » s'écria M. Potin, en lui serrant cordialement les deux mains.

Mᵐᵉ Potin sourit. « J'en suis pour ce que j'ai dit : ma nièce est bien la fille de son père, — une petite exaltée ! — et vous vous entendrez ensemble, ajouta-t-elle, en enveloppant d'un même et ironique regard sa nièce et son mari. Pour moi, je vous souhaite bien du plaisir ; voyagez tant qu'il vous plaira sur ce beau dada patriotique, mais je ne me sens point d'humeur à le monter ! Au lieu de faire de grands sentiments, j'ai mieux aimé conduire ma fille en Belgique ; là, du moins, elle n'était point exposée à manger du cheval, au bruit du canon... Eh ! tenez, cela me fait songer que l'heure du déjeuner est proche, et que nos hôtes vont quitter leurs chambres... Venez avec moi, mon héroïque nièce ; nous irons voir s'il fait jour enfin chez votre couarde cousine, laquelle préfère, je vous l'assure, à tous les hauts faits du monde, le plaisir de dormir en paix... fût-ce en Belgique !

— Et loin de son père en danger... » soupira tout bas M. Potin.

De ce jour (les arrêts de Mme Potin étant généralement sans appel), Aimée fut bien et dûment atteinte et convaincue d'exaltation. C'est une *petite exaltée !*... répétait la bonne tante, chaque fois qu'une circonstance imprévue venait faire éclater la noble générosité du cœur de sa nièce. Or, il faut en convenir, cette formule était certainement la plus commode et la plus habile que pût adopter la mère d'Alice, pour sauver à celle-ci le fâcheux effet qui aurait pu résulter d'une comparaison entre le mérite des deux cousines.

CHAPITRE VI.

Mme Potin avait au moins fait preuve de perspicacité en choisissant la famille Biéville pour meubler convenablement son salon. Le vieux chevalier, le président et sa femme assuraient à son wisth d'infatigables partners ; tante Glossinde, qui n'aimait pas les cartes, chaperonnait complaisamment la jeunesse, tout en allongeant son éternel tricot ; les deux frères fournissaient leurs jolies voix pour la musique, leurs jambes pour la danse ; tandis que les trois sœurs, en formant à la belle Alice un entourage des plus agréables, ne pouvaient cependant prétendre, auprès d'elle, qu'à l'humble emploi de satellites.

Mesdemoiselles Blanche, Jeanne et Marguerite de Biéville, jolies personnes, suffisamment

aimables, spirituelles et bien élevées, formaient
un groupe qu'aucun épouseur n'avait encore
manifesté l'intention de désunir ; et cependant,
la famille était bonne, les traditions honorables, le sang pur, et l'on accordait généralement
un excellent caractère aux trois sœurs, dont
l'aînée avait vingt-six ans, et la plus jeune
était déjà majeure. D'où pouvait venir cette
absence de prétendants ?... Je vous le dirai
tout bas, mademoiselle et chère lectrice, si toutefois vous voulez bien me permettre de traiter
cette question, palpitante d'actualité, avec le
plus brutal des langages : celui des chiffres.

La tante Glossinde ayant fait un héritage
assez considérable, son neveu avait pu épouser
une femme riche ; sa fortune s'élevait à près de
500,000 francs, ce qui est un fort beau chiffre
en province... Oui, mais il y avait cinq enfants
dans la maison ; la dot des demoiselles n'était
que de 50,000 fr., et on avait le tort d'annoncer
que l'on y joindrait un trousseau qui, pour être
en situation, eût bien dû, tout au moins, en
accompagner 200,000. Or, comme les demoiselles Biéville étaient mises à l'avenant de leur
trousseau, qu'elles aimaient beaucoup le monde,
et paraissaient faites pour y briller d'une façon
assez coûteuse... les épouseurs qui auraient
voulu tenter l'aventure, reculaient devant l'in-

suffisant capital, dont la rente irait évidemment s'engouffrer à l'article *toilette*, dans le budget du jeune ménage.

Et cependant, le calcul était faux, ou du moins se basait sur de trompeuses apparences : car les trois sœurs étaient en réalité des femmes économes et laborieuses... oui, beaucoup trop laborieuses même, puisqu'elles demandaient à un travail incessant cette élégance qui les signalait aux rigoureux jugements du monde. Malheureusement, les journaux de modes étaient pour elles *la loi et les prophètes*; et, au lieu de s'en tenir aux simples et fraîches toilettes qui les eussent parées sans effaroucher personne, elles se faisaient un véritable devoir de reproduire exactement le dévergondage de draperies et de garnitures, dont les spécimens illustraient des pages trop souvent consultées par elles.

Notez que leur bourse étant légère, la tâche en devenait d'autant plus lourde; de sorte que, pour arriver à ces prodiges d'élégances, il fallait, d'un bout à l'autre de l'année, tailler, confectionner, soutacher, etc., etc., à grand renfort de veilles et de machine à coudre ! On y usait sa santé, sa jeunesse, sa fraîcheur ; on y sacrifiait ses plaisirs, ses lectures, ses promenades... le tout pour l'honnête récompense

3*

que vous savez : Les demoiselles Biéville sont fort élégantes ...; mais elles coûteraient bien cher à un mari !... »

Le plus étonnant, c'est que Mme de Biéville, et tante Glossinde elle-même (deux femmes raisonnables et sans prétentions), non-seulement autorisaient cet emploi frivole des heures, mais encore en admiraient sincèrement les vains résultats. Les jeunes filles, parées du fruit de leur travail, leur apparaissaient comme de gracieuses fées, dont l'aiguille avait office de la fameuse petite baguette...; elles n'en parlaient qu'avec une sorte de fierté attendrie : c'étaient des anges de patience ! des miracles d'adresse ! des trésors d'invention !... Et, tout en s'extasiant de la sorte, les bonnes dames sur qui retombait, faute d'aide, le gouvernement d'une maison considérable, dont elles raccommodaient vertueusement tout le linge, ne songeaient pas le moins du monde que leur humble tâche pût entrer en comparaison avec celle que les trois sœurs s'étaient imposée. — « Il faut que les hommes soient bien aveugles, disait naïvement tante Glossinde, pour ne point voir que ces filles laborieuses valent leur pesant d'or ! Voilà des femmes qui feraient honneur à leurs maris... »
— Honneur sans profit, ma bonne tante, puisqu'elles ne travaillent qu'au leur; or, dans

notre siècle où le positivisme est si bien porté, beaucoup de jeunes citadins apprécient la justesse de l'aphorisme campagnard : « *Il ne suffit pas que le coq gratte, il faut que la poule ramasse.* »

Notez encore que tout ceci n'est qu'un aperçu matériel ; car si je voulais me lancer dans des considérations d'un ordre plus élevé, mon discours serait infini... D'ailleurs, nous y reviendrons, forcément, sinon par des réflexions (écueil à éviter...), au moins par les développements obligés de cette histoire. En attendant, permettez que je vous livre une seule remarque, surannée dans sa forme , mais juste dans le fond : c'est que, dans cette culture quotidienne de la frivolité, l'égoïsme s'épanouit à souhait, tandis que l'intelligence et le cœur dépérissent : ce qui est bien autrement important qu'une question de robes, voire même un article de budget !

Mais revenons au salon de Mme Potin, où différents groupes nous appellent.

Alice et son cousin, installés sur un canapé, causent à voix basse, sournoisement surveillés par Maurice de Biéville, abrité sous les pages du *Moniteur.* Tante Glossinde tricote dans l'embrasure d'une fenêtre ; de temps en temps, elle jette les yeux sur son beau neveu, avec une tendre inquiétude, puis elle se remet à agiter ses aiguilles, tout en poussant des soupirs, qui, exhalés par un si puissant moteur, ne sauraient être bien discrets... Autour d'une table, où s'étalent des journaux et des Revues, les trois sœurs crochettent avec zèle, dans l'espoir de terminer de magnifiques entre-deux pour une robe en ex-pectative, et le jeune Saint-Cyrien leur fait une lecture dont Aimée profite, tout en travaillant à l'aiguille. Quant aux joueurs de wisth, inutile de constater que ce sont des personnages muets...

— « Ma cousine, dit le jeune comte, après avoir contemplé quelques instants ce lugubre trio, qui se complète d'un *mort*, je ne vous ferai pas l'injure de vous demander si, à votre âge, vous aimez les cartes, mais seulement si vous vous sentez quelque vocation pour les ai-mer dans l'avenir?

— Pourquoi pas?... puisque c'est, après tout, la seule ressource que l'on ait pour passer le temps dans le monde, quand on n'est plus jeune.

— Oh! espérons qu'il en est d'autres encore..., ne fût-ce que celle de rester chez soi, au coin du feu, avec un bon livre. Ne trou-vez-vous pas, ma cousine, qu'il vient un âge où l'on ne comprend bien le bonheur qu'en robe de chambre?

— Bah! les vieilles femmes ne sont point

de cet avis, car on les voit arriver avec empressement dans toutes les fêtes, où le seul plaisir de tenir les cartes, ou bien de faire... tapisserie... les retient parfois jusqu'au matin. »

Le comte sourit avec ironie. — « Faut-il vous dire franchement ce que j'en pense, de ces femmes, ma cousine...? Eh bien ! elles m'attristent profondément , et je trouve que l'on devrait bien leur interdire, au moins, les robes décolletées ; car, avec leurs épaules flétries, elles ont l'air du spectre de la jeunesse... et elles semblent venues là tout exprès pour nous enlever nos illusions, et nous répéter, à la façon des Trappistes : *Frères !... il nous faut... vieillir !*

— Ah ! vous êtes peu galant ! et, permettez-moi d'ajouter, fort injuste, mon cousin !... car, outre que beaucoup de femmes conservent une incontestable beauté au delà des limites de la jeunesse, leurs toilettes étant aussi les plus riches (puisqu'elles disposent, en général, des bijoux et des dentelles de plusieurs générations), on est loin de regretter, dans le monde, l'effet qu'elles y produisent. Pour moi, je vous avoue que j'aime à me réfugier dans la pensée que, quelque jour (oh ! dans une éternité !), moi aussi, je ferai, comme elles, mon personnage au wisth, ou mon épisode dans la tapisserie... »

Melchior soupira, et parut s'absorber dans ses pensées... ; mais bientôt, relevant la tête avec une mâle décision : « Eh bien ! non... ma chère cousine, je ne vous cacherai pas ce que je pense ! » et il continua d'un air grave : « Etre jolie est presque un devoir pour une femme, à l'âge où elle doit se faire aussi aimable que possible pour arriver à se faire aimer (ce qui est tout simplement remplir le vœu de la nature). Il semble, alors, que la danse soit dans ses allures, et que la parure vienne se draper d'elle-même autour de son corps charmant. Mais quand, plus tard, épouse et mère, la femme a vu s'élever autour d'elle une nouvelle génération, il lui faut abandonner sans retour ces grâces légères, qui siéent mal à celle qui préside au foyer de la famille, et, s'enveloppant de dignité dans la forme comme dans le fond, se créer une beauté noble qui ne prétend plus qu'au respect ; en un mot, ma cousine, je voudrais que les femmes dépouillassent la frivolité, comme les fleurs abandonnent leurs gracieux pétales, quand le temps de la semence est venu.

— Bravo ! mon très-édifiant cousin... ; mais non pas *bis !* s'il vous plaît..., car je ne sens aucun besoin de philosopher plus longuement sur ces matières ; et même, s'il faut vous l'avouer..., cela m'ennuie ! ajouta-t-elle, en étouffant un léger bâillement. Je vois bien que vous voudriez faire de nous autres Françaises de graves matrones filant la laine sous la garde des dieux Lares... ; mais je vous déclare que, quant à moi, je prétends demeurer une citoyenne du XIXᵉ siècle..., c'est-à-dire, quelque peu émancipée de ces antiques habitudes ! — Monsieur Maurice ! que lisez-vous donc, là-bas, dans votre coin ? Serait-ce aussi un sermon...que vous avez l'air si sombre ! Oh! oh! nous tournons au noir d'une façon vraiment inquiétante... Circulons un peu ; voyons !... » et s'avançant vers la table où travaillaient paisiblement ses amies, d'un geste mutin, elle enleva des mains du jeune Raoul de Biéville la Revue dont il lisait un article à la petite société.

On se récria : « Oh ! Alice... tu es vraiment insupportable, quand tu t'y mets !

—Nous nous révoltons !... Nous voulons lire ! » s'écrièrent Jeanne, Blanche et Marguerite.

— « Ah ! c'est comme cela... fit Alice : eh bien ! Mesdemoiselles, vous chanterez ! vous danserez! vous sauterez ! comme disaient les démons à ce pauvre saint Antoine...» et, enlevant prestement les trois crochets, au risque de défiler une partie de la besogne, Alice se mit à valser autour de la table, au bruit des clameurs et des objurgations des demoiselles de Biéville.

—« Que se passe-t-il donc ? » fit tante Glossinde qui, perdue dans une rêverie profonde, avait tressauté sur son fauteuil, à cette explosion soudaine de gaîté. « Là, vous êtes cause que j'ai laissé échapper mes mailles, Alice !

— Ce n'est pas ma faute... c'est celle de mon cousin, répondit la jeune fille en redoublant ses éclats de rire : il m'a fait un si long discours sur la déplorable frivolité des femmes de notre temps, qu'on aurait cru entendre le vénérable M. Dupin lui-même !... Aussi, comme personne n'a jamais justifié mieux que moi ce principe que « la réaction est égale à l'action... » il me faut maintenant secouer toutes ces belles phrases !... Oui, c'est toujours ainsi, continua-t-elle étourdiment. Il me souvient, à ce propos, qu'arrivant à Bruxelles, en soixante-dix (de lugubre mémoire !...), j'étais tellement fatiguée d'entendre larmoyer et soupirer, que je voulais aller le soir même au théâtre, pour y voir une petite pièce bien gaie, et me remettre un peu des Prussiens...; mais maman n'a pas voulu !... »

Mme Potin entrait en ce moment d'un air affairé : elle s'arrêta brusquement, car, à ce

mot cruel de la jeune étourdie, elle avait vu
le comte tressaillir, pendant qu'un pénible
silence s'établissait dans le salon. « Ah !
pensa-t-elle, j'aurais bien dû lui faire la leçon
à ce sujet : elle va tout perdre, car ils ont la
rage du patriotisme, à présent ! » Puis, tout
haut : « Veux-tu bien te taire, petite folle ,
et ne pas te faire plus mauvaise que tu n'es !
Figurez-vous, tout au contraire, que, bien loin
d'oublier son pays... (malgré nos hontes et
nos malheurs du moment), elle affichait partout
son titre de Française...

— Le plus souvent que j'aurais souffert
que l'on me prît pour une de ces Belges, au
parler traînant, au ton vulgaire , à la mise
impossible !.. nòn, non !... Que les Français
s'en tirent comme ils pourront devant l'Eu-
rope !... mais quant aux Françaises , je sais
fort bien qu'elles demeureront toujours (et
quoi qu'il advienne) les premières femmes du
monde, pour la grâce et l'élégance ! Voilà pourquoi je tenais à compter parmi elles ; d'ailleurs,
rien n'était alors mieux *porté* que nos *malheurs*
— en Belgique, où nous devenions, par le fait
même, les lionnes du jour !...

— Allons !... trêve à tes extravagances... »
fit Mᵐᵉ Potin, s'efforçant de sourire, pendant
que, d'une main crispée, elle serrait assez ru-

dement le bras de sa fille. Puis, se hâtant de faire une utile diversion : « Mesdames et Messieurs, dit-elle, vous plairait-il de vous apprêter, pour la visite que nous devons faire à Mme d'Affléville ? Je viens de donner ordre que l'on attelât la calèche et la grande américaine ; nous nous y caserons de notre mieux... Quant à vous, mon cousin, je pense que vous nous accompagnerez à cheval, avec Alice ?

— Je vous remercie, Madame ; mais une violente migraine m'oblige à décliner cet honneur... Je compte rester ici. »

Alice comprit alors qu'elle avait fait des sottises. « Vous souffrez, mon pauvre cousin, dit-elle ; ah ! si j'avais su, je ne vous aurais pas fait tant de bruit !... Voulez-vous que je vous commande une tasse de thé ?

— Vous êtes mille fois trop bonne : un peu de repos suffira.

— Cependant, insista la jeune fille, il me semblait que le grand air et la distraction étaient les remèdes indiqués contre la migraine ?...

— Il en est peut-être ainsi pour vous, ma cousine... surtout si vous traitez vos migraines comme vos chagrins... ; mais je ne suis pas de cette école...

— Comme il vous plaira ! » fit la jeune fille

très-piquée ; et faisant une brusque évolution :
« Monsieur Maurice, vous montez à cheval,
je crois... Voulez-vous bien m'accompagner à la
place de mon cousin ? Nous ferons une délicieuse *fantasia*... Je me sens en verve ! »

Le jeune homme, ainsi interpellé, s'empressa
d'accepter, tout en rougissant de plaisir. Et la
société se dispersant, chacun alla se préparer
pour la promenade.

Le comte aussi s'apprêtait à regagner sa
chambre, lorsque Mme Potin, fort inquiète de
tout ce qui se passait, voulut faire un essai de
conciliation :

— « Mon cousin, dit-elle de sa voix la plus af-
fectueuse, il est clair que vous êtes, en effet,
fort indisposé ! car, autrement, vous n'auriez
point ainsi faussé compagnie à ma pauvre Alice,
qui en a le cœur bien gros, je vous assure,
quoiqu'elle s'en défende... Voulez-vous que je
vous tienne compagnie ? Ma présence n'est
point du tout indispensable à Affléville, et je
puis voir mon amie une autre fois... D'ailleurs,
grâce à l'embonpoint de tante Glossinde, il n'y
a pas de mal à desserrer les rangs !

— Croyez que je vous sais le meilleur gré de
votre offre charitable, ma chère cousine, dit le
comte ; mais il me serait impossible d'en user.
En pareil cas, le repos et même un peu de som-

meil sont absolument les seuls remèdes qui
me réussissent... A ce soir donc, ajouta-t-il en
saluant amicalement Mme Potin; et, d'ici-là,
j'espère me trouver assez bien guéri pour pouvoir remonter ma gaîté au diapason de celle
de ma très-joyeuse et charmante cousine
Alice !... »

Mme Potin le regarda partir de l'air perplexe
d'une femme qui ne sait pas trop d'où vient le
vent. — Etait-il franc... ou seulement ironique ?
ce beau cousin... C'était une question, et elle
l'emporta comme un texte à méditer, durant
tout le trajet du bourg à Affléville.

Pour nous, qui avons les moyens de le résoudre plus promptement, peut-être, en accompagnant dans sa chambre le comte Melchior,
voyons-le, relevant d'une main furtive un petit
coin du rideau de la fenêtre, pour suivre du
regard les folles évolutions de sa jeune cousine. Alice soupçonnait-elle cet espionnage ? —
Je ne sais ; mais il est certain qu'elle déployait
toutes ses grâces, faisant caracoler sa blanche
haquenée, pendant que Maurice de Biéville
s'élançait sur le noir *Othello*, avec une désinvol-
ture qui accusait une grande habitude du cheval...

Melchior appréciait ces manœuvres en con-
naisseur et en sportman, — bien plutôt, hé-

las ! qu'en jaloux ; un sourire ironique se des-
sinait sur ses lèvres :

— « Charmante femme !... sur une jolie bête...
pensait-il... Toutes réflexions faites, j'ai vraiment eu grand tort de lui en vouloir... Quelle
sottise aussi, d'aller causer avec elle d'autre
chose que de babioles !... Je manque là, par ma
faute, une agréable promenade, et il me semble que M. Maurice paraît tout disposé à profiter de mon absence. — A votre aise, mon
gaillard !... Faites de Mlle Alice Madame de
Biéville..., je ne m'y oppose pas ! mais, par
exemple, je vous défie bien de lui tourner autre chose que la tête, — car elle n'a point de
cœur... Pour moi, conclut-il en laissant re-
tomber le rideau , j'ai toujours pensé que ces
sortes de femmes ne sont propres qu'à faire des
amazones... »

————

CHAPITRE VII.

Un beau matin, Aimée s'en revenait gaîment
de la filature, que M. Potin lui avait fait visiter
du haut en bas et dans tous ses détails , avec
une satisfaction que sa fille, hélas ! ne lui avait
jamais causée. Elle portait sous le bras une

belle robe de mérinos ; car son tuteur, après
lui avoir bien expliqué les différentes transfor-
mations que subissait la laine à travers les
cardes, les métiers à filer et à tisser, etc., avait
cru devoir compléter sa démonstration par le
don d'un des plus remarquables produits de
sa fabrique.

Tout un monde d'idées nouvelles s'agitait en
ce moment dans l'esprit de l'intelligente jeune
fille, et c'était avec une sorte de respect qu'elle
songeait à se revêtir de cette étoffe, que tant de
mains laborieuses lui avaient préparée, avec le
concours de si ingénieuses machines !... « Et
maintenant, pensait-elle, toute remplie d'un
joyeux zèle, c'est moi qui vais la mettre en
œuvre... Quel bonheur de la couper, de la
coudre moi-même, et d'en faire le plus d'honneur possible à mon cher oncle ! Ah ! je sens
qu'en pareil cas, la coquetterie serait tout simplement de la reconnaissance. »

Tout en faisant ces projets, elle arrivait à la
maison ; et, guidée par les brillantes vocalises
qu'exécutait alors sa cousine, elle s'empressait
d'aller rejoindre au petit salon ; mais il fallut bien que son enthousiasme tombât devant le
froid accueil qui fut fait à sa belle robe :

— « Ce n'est pas mal comme tissu, et ferait
un assez joli négligé, dit Alice en drapant dé-

daigneusement l'étoffe fabriquée chez son père ;
mais quelle idée aussi, ma chère, de vous faire
encore une robe noire !... N'y avait-il donc pas
d'autre nuance en magasin ?

— Là !... fit Mme Potin, qui entrait précisément sur ces derniers mots, ne vous l'avais-je
pas dit, Aimée? Vous voyez que tout le monde est
de mon avis, et qu'il serait grand temps de quitter le deuil, au bout de deux longues années !...
Mais notre chère nièce est une petite exaltée,
qui prend les sentiments pour guides, au lieu
du simple bon sens, et qui prétend mettre
du patriotisme jusque dans ses vêtements... Oui,
vraiment (ajouta-t-elle au profit d'Alice) ne
m'a-t-elle pas déclaré qu'elle portait, tout à la
fois, le deuil de sa mère et de son pays ?...
Quel enfantillage !... Allons, Aimée, soyez bonne
fille, continua la tante en frappant amicalement
du doigt l'épaule de sa nièce ; rendez-moi
cette vilaine robe noire, pour que je vous l'é-
change contre un beau gris-perle... Je prends
cela sur moi auprès de mon mari. Puis, pour
en finir tout d'un coup avec cette question de
deuil, dont personne, mieux que moi, ne peut
apprécier la convenance, permettez que je
vous offre, à mon tour, une jolie robe de soie
mauve. Nous allons la choisir ensemble
parmi les échantillons que j'ai reçus récem-

ment du Louvre : je vais les chercher... »

Aimée l'arrêta ; durant cette tirade, elle avait eu tout le temps de rassembler ses forces, et de se dire qu'il lui faudrait sans doute lutter plus d'une fois, et courageusement, pour ses principes, si elle voulait les conserver tels qu'elle les avait reçus de sa mère, dans cette maison que régissait une morale toute mondaine.

— « Ma tante, dit-elle, je pensais que mon deuil n'était plus en question, puisque, dès le lendemain de mon arrivée, nous en avions causé ensemble avec mon oncle... C'est à regret, croyez-le bien, que je me refuse à ce que vous souhaitez de moi ; mais une influence encore supérieure à la vôtre m'y oblige ; en un mot, je suis persuadée que ma mère approuverait ma résolution dans les circonstances exceptionnellement douloureuses où je me trouve, comme orpheline et Lorraine. Pardonnez-moi donc si j'obéis, avant tout, à cette maternelle inspiration...

— Eh quoi ! ma cousine, interrompit Alice, allez-vous donc rester ainsi vêtue tant que les Prussiens posséderont votre belle ville de Metz ?... A ce compte, vous voilà en deuil pour longtemps ! et qui sait ? peut-être votre génération après vous... si toutefois vous lui imposez ce patriotique héritage !...

— Ah ! fit Aimée, blessée au cœur et superbe d'indignation, si j'avais fait un pareil vœu, ma cousine, j'espère bien qu'il se trouverait encore des Français pour m'en relever avant peu !... Mais excusez-moi, ajouta-t-elle avec plus de calme : je suis fille d'un soldat ; certaines choses m'émeuvent au delà des bornes... » Et, revenant à Mme Potin : « Ma chère tante, combien je regrette de ne pouvoir accueillir votre offre, si généreuse, que par un nouveau refus ; mais la belle étoffe que vous me destinez ne saurait convenir à une pauvre fille sans fortune. Songez que mes humbles revenus m'interdisent l'élégance ; et que c'est à peine si j'oserais me permettre une simple robe de taffetas noir...

— Un instant, ma nièce ; ceci me regarde un peu, je pense ! puisque, tant que vous demeurerez sous mon toit, j'ai résolu de me charger de ces petites dépenses de toilette.

— Non, ma bonne tante... il n'en sera pas ainsi, fit Aimée en s'inclinant avec gratitude. Je ne refuserai point, assurément, de temps en temps, les cadeaux de votre affection ; mais, si modeste que soit l'héritage de mes parents, il pourvoira largement à mes besoins. D'ailleurs, ajouta-t-elle, que deviendrais-je quelque jour, si, ayant accept   ons, il me fallait renon-

3**

cer tout à coup à votre somptueuse hospitalité,
pour aller me blottir au fond d'un petit intérieur
dont l'économie ferait tout le bien-être ? C'est
pourtant la seule perspective que je puisse rai-
sonnablement envisager ; la seule, par conséquent, à laquelle je doive dévouer, dès à
présent, toutes les habitudes de simplicité que
je tiens de ma bonne mère.

— Mon enfant, dit Mme Potin, je ne voudrais
certes point vous flatter d'une éventualité trop
séduisante ; mais enfin, sans être ce qui s'appelle une *beauté*, votre physique est fort agréable ; vous portez un beau nom, vous avez reçu
de l'éducation, et j'entrevois en vous des qualités
essentielles. Il ne serait donc pas impossible
qu'on ne vous découvrît, avec le temps, un
mari raisonnable, dont la fortune serait très-
supérieure à la vôtre.

— Ma tante, dit Aimée, comme il faudrait
encore supposer que cet homme raisonnable me
serait sympathique... que son caractère, ses
principes, son éducation et son âge, me con-
viendraient également, la réussite me paraît
presque impossible, et je préfère n'y point
songer.

— Ah ! si vous m'en demandez tant, vous
resterez fille, ma nièce ! s'écria Mme Potin. Mais,
vraiment... je ne puis comprendre où vous

avez bien pu trouver l'idéal de semblables exigences !... Ma fille, dont la dot sera considérable, oserait à peine les concevoir !

— Oh ! ma tante... dit naïvement la jeune fille, je me serai sans doute mal expliquée... Comprenez-moi bien : je ne tiens pas du tout à être riche, moi...; mais seulement, je voudrais tâcher d'être heureuse.

— C'est bientôt dit : d'abord, qu'entendez-vous par « être heureuse »?... Il vous serait difficile, peut-être, de nous le définir, ce bonheur-là?

— Oh ! mon Dieu, non... Je n'aurais qu'à me souvenir, fit Aimée avec mélancolie : car mes parents m'ont présenté ce tableau du bonheur dans le mariage. J'étais jeune encore quand la guerre du Mexique nous enleva mon père, et cependant je n'ai point oublié le temps où sa tendresse nous réchauffait comme un bon rayon de soleil ! Ma mère, d'ailleurs, m'a si souvent raconté combien il l'aimait ! et c'était aussi, pour elle, le premier des hommes, le meilleur entre tous les amis ! La mort même fut impuissante à détruire cette union de cœur et d'âme, si complète et si douce. Durant son veuvage, ma mère continuait à tout faire en présence de celui qu'elle avait perdu : je fus élevée suivant ses intentions ; nos idées, nos habitudes reflétaient fidèlement les siennes ; et enfin, le croiriez-vous ? grâce à cette tendre et incessante préoccupation, ma mère arrivait à vivre, sinon heureuse, au moins consolée, par la conviction que notre existence, à toutes deux, perpétuait cette mémoire à laquelle venaient se rattacher toutes nos pensées, toutes nos actions... Ah ! c'est ainsi que je veux me consoler moi-même de leur perte ! continua Aimée en essuyant ses larmes ; j'essayerai de reproduire dans ma conduite ces chers et vénérés parents. Aussi, vous le voyez, ma chère tante, mon bonheur, à moi, n'a point besoin de richesses ; mais il lui faut absolument ce qu'elles n'achètent pas : l'estime et l'affection ! »

Durant cette touchante définition, Mᵐᵉ Potin et sa fille se renvoyaient des regards stupéfaits ; les paroles d'Aimée les atteignaient, sans toutefois les convaincre ; et ce n'était point sans effroi qu'elles se voyaient entraînées dans ces régions inconnues de l'amour et du dévoûment... Enfin la tante, se cramponnant à son étroite logique pour retrouver son aplomb, fit entendre à sa nièce que ce n'était jamais impunément que l'on vivait ainsi dans la solitude, sous l'obsession d'une unique et incessante pensée... Sa belle-sœur elle-même, toute raisonnable qu'elle était, y avait peut-être oblitéré son jugement, à propos des lois générales qui gouvernent la

société. — « En tout cas, dit-elle, votre mère a
bien pu prendre l'exception pour la règle ; et
vous auriez peut-être à vous en repentir, si
vous vouliez appliquer à votre situation des
théories qui me paraissent dangereuses en pratique... Prenez-y garde, mon enfant, j'avais
déjà remarqué en vous une tendance à l'exagé-
ration ; mais, aujourd'hui, je m'effraye bien
autrement de vous trouver romanesque... Ce
serait à croire que vous avez lu quelques-uns de
ces livres qui égarent l'imagination des jeunes
personnes ?...

— Oh ! non, ma tante, dit Aimée en souriant :
ma mère dirigeait mes lectures ; et, en fait de
romans, je n'ai jamais lu que quelques volumes
de Walter Scott. Mais, fit-elle en relevant son
beau front qui se colorait d'une généreuse
fierté, permettez-moi de vous dire qu'en m'ins-
pirant des sentiments désintéressés, ma mère
m'a mise à même de n'en point souffrir... ; je
puis gagner ma vie, ma tante ; et si j'ose le
déclarer ainsi, ce n'est point par orgueil, croyez-
le bien, mais par reconnaissance pour la femme
supérieure qui a pris tant de soin de l'éducation
de sa fille ! C'est à ma mère que je dois d'avoir
mes diplômes.

— Ah ! mon Dieu, ma cousine ! interrompit
Alice, voulez-vous donc vous faire institu-

trice, par hasard ?... le plus sot des métiers !

— Non, dit-elle en soulignant l'expression, je n'en suis pas réduite à cette honorable mais pénible *profession*... J'ai voulu dire, seulement que, le cas échéant, je pourrais peut-être, comme ma mère, entreprendre une éducation, ne fût-ce que celle de mes enfants, ce qui est tout à la fois une satisfaction et une notable économie. Puis, je peins l'aquarelle, je suis musicienne ; et ces petits talents, que l'on pourrait utiliser dans les mauvais jours, fournissent, en temps ordinaire, des distractions peu coûteuses dans un intérieur. Enfin, l'habitude que l'on m'a donnée de savoir me passer de domestiques, et de confectionner moi-même presque tout ce que je porte, me permettrait encore de me trouver à l'aise dans la plus humble des situations.

— Je vous en fais mon sincère compliment, ma cousine, dit la belle Alice tout en refermant son piano ; certes, je ne pourrais en dire autant de moi-même... Cependant, peut-être que, moins bien pourvue d'expédients, je saurais encore me tirer d'affaire, le cas échéant... Oui, de même que le chat de certaine fable de La Fontaine :

« *Je n'ai qu'un tour dans mon bissac,*
« *Mais je soutiens qu'il en vaut mille !...* »

— Et quel est ce tour fameux... mon enfant ? s'empressa de dire Mme Potin, dont l'amour-propre avait un peu souffert de l'énumération des talents qu'Aimée devait à sa mère, et n'était pas fâchée que sa fille produisît les siens, bien qu'elle l'estimât fort au-dessus de semblables ressources !

— Eh ! ma voix donc !... maman. Car, n'en déplaise à mon père, ces vocalises que je fais quotidiennement me permettraient peut-être de débuter, comme chanteuse, sur l'un de nos grands théâtres, et enfin, qui sait ? d'arriver à la célébrité et à la fortune !... »

Ce fut au tour d'Aimée de s'étonner :

— « Ah ! ma cousine... fit-elle : vous !... actrice !...

— Pourquoi pas ? C'est une carrière, quand on a du talent... Pour moi, je n'en connais pas de plus glorieuse ; et, je vous l'avoue, bien souvent, en présence de l'enthousiasme qu'excitent nos grandes célébrités, j'ai regretté que cette noble destinée ne fût pas la mienne !

— Y pensez-vous ?... se produire ainsi en public...

— Eh bien !... quoi ?... si l'on vaut la peine d'être vue et entendue.

— Je pense, dit Aimée avec une douce fermeté, qu'il n'est point bon pour les femmes de se détourner ainsi de leur vocation naturelle : l'intérieur et la famille.

— Tiens, tiens !... oh ! c'est curieux, maman !... Aimée vient de nous dire cela absolument du même ton que mon cousin, hier... quand il s'est donné la migraine, à force de m'ennuyer et de s'ennuyer... Décidément, c'est dans le sang ! vous êtes de vrais cousins, et, en tout cas, de même *École*... ajouta-t-elle ironiquement... Mais, c'est égal : comme il n'y a rien de plus ennuyeux qu'une flûte, si ce n'est deux, j'aurai bien soin de ne pas m'exposer à un duo...

— En voilà assez... s'écria Mme Potin fort alarmée. Vous savez, Alice, que je n'aime point ces sortes de plaisanteries... qui, d'ailleurs, pourraient tomber dans des oreilles auxquelles vous ne les destinez pas, ajouta-t-elle en jetant des regards inquiets vers les deux portes de l'appartement, dont l'une, largement ouverte, conduisait au grand salon, et l'autre, pourvue d'une portière, à la bibliothèque.

— Au reste, mon enfant, continua-t-elle d'un air gourmé, votre cousine vous a donné une si grave leçon de tenue, qu'il serait superflu d'y ajouter quelque chose... Je remarquerai seulement que, si elle en donne, il ne lui en reste plus à recevoir, même d'une tante...

Allons ! nous tâcherons de nous en souvenir... »

La pauvre Aimée, bien que forte et courageuse, ne put tenir devant cette mordante
ironie ; les larmes qui s'amassaient dans ses
yeux se mirent à couler, et la tante s'en effraya... Que dirait son mari, si la jeune fille
avait les yeux rouges ? Précisément la cloche du
déjeuner se mit à sonner ; on entendit sur l'escalier et dans le jardin se croiser les appels de
la famille de Biéville ; M. Potin apparut dans
l'avenue... Le comte seul manquait : on ne
l'avait point vu de la matinée.

— « Mon Dieu ! ma nièce, j'espère bien que
vous n'allez point pleurer pour un petit reproche indirect que je me suis permis ? Après
tout, mon enfant, si je vous gronde, c'est parce
que je vous aime... fit l'excellente tante, essayant les cordes les plus émues de sa voix ;
vous me rappelez ce pauvre Victor, le meilleur
cœur, la plus noble intelligence ! mais, je vous
l'ai déjà dit, beaucoup trop exalté. Allons ! em-
brassez-moi et n'y pensons plus. Je vous passe
vos robes noires et vos idées sentimentales,
petite Lorraine que vous êtes !... Je m'étais
laissé dire qu'en fait d'obstination , vos com-
patriotes en remontreraient aux Bretons
eux-mêmes ; mais, à présent, j'en suis convaincue. »

Aimée sourit avec douceur, présenta son front au froid baiser de sa tante, et en obtint quelques minutes de grâce avant de se rendre à la salle à manger, afin d'effacer les traces de ses larmes ; mais, au lieu de remonter dans sa chambre, ce qui l'eût exposée à des rencontres qu'elle voulait éviter, elle demeura dans le petit salon, et s'y assit paisiblement.

Ce silence trompa quelqu'un qui, bien involontairement d'abord, s'était trouvé initié à la scène précédente, dont pas un mot ne lui avait échappé, à travers la portière abaissée qui séparait le petit salon de la bibliothèque: c'était le comte Melchior. Sans doute il aurait pu se retirer discrètement aux premiers mots d'une discussion à laquelle évidemment on ne songeait pas à l'appeler, bien qu'il fût de la famille; mais la conscience du jeune homme, mise en repos par le sujet de cette discusion — une robe de mérinos, — ne commença à s'alarmer un peu que lorsqu'elle atteignit certains développements qui excitèrent sa curiosité au point d'imposer silence à ses remords. De sa propre autorité, il s'établit juge des différentes thèses qui se produisaient devant son invisible tribunal, s'émerveillant de la précoce sagesse dont la Providence avait doué l'orpheline, pour remplacer les guides naturels qu'elle avait perdus.

— « Voilà une femme ! pensait-il, une vraie femme, douce et forte tout à la fois... Et quelle chaste et virginale tendresse dans ce jeune cœur, qu'aucun souffle mondain n'a terni !... puis, quelle vaillante bonne volonté !... La cousine Alice me faisait l'effet d'une pauvre petite marionnette, en face de cette noble créature, s'en allant, d'un pas si ferme, vers un but honnête et déterminé... Et, pour être franc, tous tant que nous sommes, gens de loisir et de plaisir, n'aurions-nous pas des leçons à recevoir de cette admirable enfant?... Ah ! vraiment, je suis fier de ma petite cousine Aimée !... Si jamais elle a besoin de moi, me voilà tout à son service. »

Et comme, pendant ce monologue intime, aucun bruit ne se faisait entendre dans la pièce voisine , Melchior prit tout naturellement le plus court chemin pour se rendre à la salle à manger, souleva la portière..., et, soudain, se trouva en présence d'Aimée.

Tous deux firent une exclamation ; tous deux rougirent... ; et la jeune fille put lire dans les yeux du jeune homme l'indiscrétion qu'il avait commise. Un silence s'ensuivit; Melchior éprouvait une sorte de honte, en présence de la pudique enfant qui peut-être souffrait, à la pensée qu'un homme avait pénétré si avant dans ses plus intimes confidences.

Cependant, le comte avait trop l'habitude du monde pour ne point se tirer honorablement de cette délicate position, et il pensa que la meilleure de toutes les excuses était de témoigner franchement de l'impression qu'il avait reçue d'une scène dont il s'était rendu l'invisible et indiscret auditeur.

— « Ma cousine, dit-il en s'inclinant d'un air pénétré, voulez-vous bien me permettre de profiter de cette occasion, où je vous rencontre seule, pour vous offrir tous les sentiments d'estime et de dévoûment dont je suis capable ? Nous sommes tous deux orphelins, ce qui doit faire entre nous comme un trait d'union de plus... J'espère donc que vous voudrez bien me traiter, désormais, en parent affectionné... C'est un honneur dont je sentirai tout le prix, croyez-le bien, et dont je m'efforcerai de me rendre digne. »

Aimée, qui se tenait timidement inclinée durant ces paroles dont l'hommage la touchait plus encore qu'elle n'en était flattée, releva tout à coup ses yeux bleus (ses yeux de pervenche) sur le jeune homme, qui présentait son bras pour se rendre à la salle à manger, et s'y appuyant avec un geste de confiance :

— « Merci, mon cousin, dit-elle, j'accepte. »

On se mettait à table, tout en s'inquiétant de

l'absence du comte. Son arrivée, la jeune fille au bras, fit donc une certaine sensation.

— « D'où venez-vous ainsi, mon cousin ? dit Mme Potin d'un air passablement intrigué ; je vous ai fait chercher au jardin, dans votre chambre...

— Pardonnez-moi, fit-il, évitant de répondre directement à la question ; je regrettais de n'avoir pu me rendre assez tôt à l'appel de la cloche, lorsque, rencontrant mademoiselle, en retard comme moi, je m'estimai fort heureux de pouvoir affronter, sous son pavillon, les reproches de tant d'appétits impatients. »

Puis, tout naturellement, il installa sa compagne à l'une des places qui n'étaient point occupées, et s'assit auprès d'elle. Cette conduite était si bien dictée par les plus simples convenances, que personne n'aurait dû l'incriminer. Toutefois Mme Potin pinça les lèvres, et Alice, dont le jeune comte était habituellement le voisin, eut, ce jour-là, tante Glossinde, laquelle lui fit une savante dissertation d'économie domestique ; mais elle se dédommagea avec Maurice de Biéville, qui s'était glissé à sa gauche ; et ses éclats de rire, ses saillies avaient surtout pour but de prouver à son beau cousin qu'elle ne regrettait nullement sa société.

Cette conduite était loin de plaire à sa mère,

qui tantôt jetait sur elle un regard mécontent, et tantôt surveillait la conversation intime et suivie qui s'établissait entre sa nièce et le jeune comte...

De sorte que, ce jour-là, ce fut la pauvre Mme Potin qui eut à son tour, et très-sérieusement, la migraine...

CHAPITRE VIII.

Mme d'Afféville avait invité à déjeuner la famille Potin et ses hôtes.

On allait partir ; les voitures attendaient, tout attelées, et, suivant l'usage, les messieurs, toujours prêts les premiers, médisaient des dames attardées à leur toilette. Cependant Mme Potin était là, distribuant ses dernières instructions aux domestiques ; et Aimée, qui n'avait eu qu'un chapeau à mettre, contemplait cette scène animée, accoudée au perron. Tout à coup, un cri lui échappa, et descendant rapidement les degrés, elle se mit à courir vers l'avenue : c'est qu'au centre d'un groupe d'ouvriers qui s'avançaient, elle avait aperçu son bon oncle, M. Potin, étendu sur une civière.

Avant le départ, il avait voulu donner un coup d'œil aux travaux d'endiguement qu'on exécutait autour de son cours d'eau ; mais, pressé par l'heure, il s'était aventuré au milieu de pièces de bois gisant en désordre sur le terrain, et son poids en ayant fait basculer une, il était tombé de telle sorte, qu'en essayant de se relever, il s'aperçut que son pied droit lui refusait tout service.

En un instant, la maison fut en émoi : maîtres et domestiques s'empressèrent autour de la civière, car M. Potin était fort aimé de ceux même qui ne le lui témoignaient pas. Quant à lui, souriant d'abord à ces démonstrations, il finit presque par se fâcher, surtout quand il entendit sa femme et tante Glossinde annoncer l'intention de demeurer auprès de lui, et de renoncer au déjeuner de la baronne.

— « Non, non ! s'écria-t-il ; il ne sera pas dit que mon entorse empêche tant de monde de marcher ! Vous me gêneriez infiniment, d'ailleurs, en vous obstinant à rester ici ; la liberté, le repos, et quelques compresses... voilà tout ce qu'il me faut ; aussi, je vous le déclare, ma porte demeurera fermée au nez des visiteurs...

— Pas au mien, j'imagine ? dit Alice, en minaudant.

— Au tien, à celui de ta mère... et même au vôtre, tante Glossinde, bien que vous soyez ce que l'on appelle une bonne femme... et, en cette qualité, amplement pourvue de recettes contre les entorses, j'en suis certain... Mais, que voulez-vous ? à chacun sa manière d'agir ; je préfère le médecin, avec qui, d'ailleurs, je me sens plus à l'aise. Oh ! vous avez beau dire, ces choses-là ne se discutent pas : je veux être *entre hommes !* ajouta-t-il d'un ton péremptoire. Le docteur et Joseph me suffiront... Ainsi, en route, Mesdames ;... mes regrets à la baronne... amusez-vous bien, et surtout ne vous inquiétez pas de moi ! c'est l'affaire de quelques heures, et, ce soir, vous me retrouverez guéri !

— Mais, Monsieur, dit Mme Potin, il me semble que les plus simples convenances m'obligent...

— Les plus simples convenances sont de faire tout bonnement ce qui me convient, Madame, interrompit M. Potin, fort impatienté...

— Vous avez beau vous moquer des vieilles femmes, dit à son tour tante Glossinde, je vous soutiens, moi, que vous devriez déjà avoir le

pied dans l'eau froide, en attendant votre docteur !

— Eh ! morbleu ! qui donc m'en empêche, si
ce n'est vous tous qui êtes là, formant le cercle,
et me barrant le passage ?... Mais, quoi qu'il en
soit, me voilà bien décidé à ne me faire trans-
porter dans ma chambre que lorsque je vous
aurai vu tous partir !... Allons, en voiture !...

— Ah ! quel homme ! » fit Mme Potin, levant les bras au ciel, comme pour le prendre
à témoin. Mais bientôt, réfléchissant que sa
dignité avait tout à craindre en essayant de prolonger une lutte dans laquelle, évidemment,
son terrible mari emploierait, au besoin, d'autres armes que les armes courtoises, elle prit
un air de victime résignée. — « Mesdames
et Messieurs, continua-t-elle, l'entêtement de
M. Potin m'est si bien connu, que je crois devoir
agir, en cette circonstance, comme je l'ai fait,
hélas ! toute ma vie : Je vous obéis, Monsieur...
et vous laisse aux soins qui vous agréent,
puisque les miens n'ont point cet honneur. »

Et d'un pas théâtral, Mme Potin se dirigea vers
la voiture, où elle s'installa majestueusement.

La société suivit ; mais Alice, qui, dans le
fond, n'était point du tout mécontente de la
décision de son père, crut devoir la lui reprocher, pour la forme :

— « Vous êtes un méchant, et je vous le revaudrai, fit-elle en se penchant gracieusement pour l'embrasser.

— Que veux-tu, ma petite ! j'ai dans l'idée que tu fais beaucoup mieux les roulades que les cataplasmes. »

Alice se le tint pour dit, et, sautant en selle, eut bientôt rejoint les voitures. — « La belle matinée ! pensait-elle ; c'eût été grand dommage de n'en point profiter ! Mon père a raison : une entorse n'est point une maladie, et les soins du docteur vaudront beaucoup mieux que les nôtres. » Cette conviction satisfaisante lui ayant enlevé ses derniers scrupules, la jeune fille s'abandonna tout entière au plaisir de la promenade, humant l'air, et faisant caracoler sa belle Catidja. Bientôt d'agréables pensées succédèrent à ces voluptueuses impressions : son cousin ayant reçu de Mme d'Afflléville la permission de se présenter au déjeuner en costume de chasse, était parti dès le matin, par le chemin des écoliers, à travers plaines et bois, dans l'espoir assez fondé de ne point arriver le carnier vide au rendez-vous.

Alice se faisait un plaisir de le retrouver, non pas que son absence fût pénible à son cœur, mais il manquait à sa coquetterie, qui s'arrangeait fort de deux poursuivants à la fois. Elle savait depuis si longtemps, d'ailleurs, que le pauvre Maurice de Biéville l'aimait à en perdre la tête, que, de ce côté, il n'y avait plus de découvertes à faire : c'était flatteur, mais nullement piquant ; tandis que l'élégant cousin, rompu aux plus savantes manœuvres de la galanterie parisienne, et dont les compliments conservaient quelque chose d'ambigu dans leur expression la plus gracieuse, était autrement intéressant aux yeux de la jeune fille : c'était une énigme dont elle n'avait point encore le dernier mot...

L'imagination des femmes se complaît dans le mystère ; et le doute lui-même, si insupportable au cœur de l'homme, a pour elle un attrait irritant. Alice s'en allait donc, chevauchant tout occupée de ce grand problème : Serait-elle comtesse de Moraigne ?... et rien qu'à l'idée de se voir un jour déboutée de cette prétention, ses noirs sourcils se fronçaient, et sa petite main nerveuse détachait à la pauvre Catidja, qui n'en pouvait mais, de petits coups de cravache, lesquels lui déplaisaient infiniment, car la jolie bête, pour être de noble race, n'était point de celle des chevaux d'Hippolyte, qui, comme on le sait, « *semblaient se conformer à sa triste pensée* ».

Mais bientôt la vanité de Mˡˡᵉ Alice triompha définitivement de ces appréhensions importu-

nes ; et, lâchant la bride à Catidja : « En avant,
se dit-elle ; l'avenir est à nous ! »

Alors, au lieu et place des vertes prairies,
toutes bordées de pommiers enguirlandés de
fruits ; au lieu des grands bois projetant
leur ombre fraîche et mystérieuse, Alice
voyait défiler comme une longue suite de fêtes
mondaines : bals, réceptions et concerts dont elle
était l'héroïne... Mais tout à coup un léger soupir traversant ces visions enchantées : « Pauvre
Maurice ! » murmura la future comtesse, « cela
lui causera bien du chagrin... mais qu'y faire ?
il faut bien suivre sa destinée ; et je n'irai point,
moi, faire la sottise d'épouser un simple substitut ! » Puis, d'un ton sentimental :— « Ce sera le
roman de ma jeunesse !... Hop, donc, Catidja ! »

La frivolité constitue pour les femmes, une
sorte d'enfance prolongée, qui les rend incapa-
bles de sentiments, pour ne leur permettre
que de fugitives impressions. Alice se hâta
donc de secouer les pensées sérieuses ; elle
les eût, au besoin, combattues comme de dangereuses tentations ; et, quand elle arriva chez
Mme d'Afféville, sa résolution était prise, son
thème était fait : il lui fallait ce jour-là, et
en toutes circonstances, sacrifier Maurice à
son cousin.

Mais, quand tout le monde fut descendu des

voitures, au moment où la société réunie commençait à monter les degrés du perron, la baronne, qui était venue jusque-là pour recevoir ses hôtes, s'étonna de ne point voir Aimée parmi eux, et son exclamation donna l'éveil à Mme Potin.

Un rapide coup d'œil la confirma dans ses craintes : — « Allons ! s'écria-t-elle avec aigreur, Mlle Aimée aura voulu faire de l'héroïsme ;... elle se sera cachée pour échapper aux proscriptions en masse de M. Potin ; dans la confusion du départ, nous ne nous en serons pas aperçus ; et, maintenant, la voilà qui se dévoue, à nos dépens, auprès de son oncle !... Ah ! je ne peux pas souffrir ces sortes d'exagérations.

Mme d'Afféville, très-surprise, demanda la raison de cette sortie énigmatique contre la pauvre Aimée. On lui apprit l'accident de M. Potin, l'énergique refus qu'il avait fait des offres empressées de tant de bonnes volontés qui se mettaient à son service, et enfin la conduite sournoise de la nièce incriminée, laquelle avait su conquérir, par la ruse, le poste dont l'épouse revendiquait l'honneur.

Mais les conclusions de la baronne ne furent pas précisément celles de Mme Potin, car elle se borna à dire, tout en souriant :

4*

— « Décidément cette chère Aimée est une fille d'esprit et de cœur ! grâce à elle, je pourrai jouir sans remords du plaisir de vous recevoir, ce qui m'eût été impossible, je l'avoue, sachant ce pauvre M. Potin complétement abandonné. »

Le comte, dont l'arrivée avait précédé celle des autres convives, et sur le bras duquel la baronne s'appuyait pour les recevoir, lui dit rapidement à l'oreille :

— « Merci, Madame, d'avoir si bien défendu ma petite cousine ! Ah ! vous avez raison : c'est une fille d'esprit et de cœur...

— Depuis quand vous en êtes-vous aperçu ? fit-elle curieusement.

— Depuis hier...

— Eh bien ! il faudra que vous me contiez cela. »

Mme Potin ne se trompait pas ; à l'heure même où elle en faisait la supposition, sa nièce s'installait auprès de la chaise où l'on avait étendu M. Potin, lui faisait d'aimables plaisanteries sur le bon tour qu'elle lui avait joué ; et, faut-il l'avouer ? celui-ci l'accueillait d'un air et d'une voix qui ne ressemblaient guère à l'air et à la voix dont il avait repoussé les tendres empressements de sa femme.

Aussi longtemps qu'elle avait pu craindre de

se voir sommée de rejoindre les voitures, dans le cas où l'on viendrait à s'apercevoir encore utilement de son absence, Aimée s'était tenue cachée dans la lingerie de Mlle Francine, qu'elle aidait à préparer des bandes et des compresses. De ce poste même, elle avait pu prendre quelques mesures utiles, comme de faire étendre le patient sur la chaise longue de sa femme, et de dépêcher un domestique à la pharmacie du bourg voisin, avec ordre d'en rapporter les médicaments usités en pareil cas, afin de prévenir tout retard, jusqu'à l'arrivée du médecin.

Et ces choses organisées, Aimée se tint tranquille, évitant soigneusement d'intervenir hors de propos, car son zèle n'avait rien d'officieux. Son oncle demeura donc parfaitement libre ; et ce fut seulement au départ du médecin, que la jeune fille, sortant de sa cachette, vint demander à celui-ci ce qu'il pensait de cet accident.

— « Rien de grave, Mademoiselle ; j'avais craint d'abord une fracture, mais, grâce à Dieu ! l'os est intact. Toutefois, il faudra se résigner à un repos complet, sous peine de prolonger indéfiniment la reclusion, car l'articulation est fortement atteinte. Malheureusement, M. Potin ne me paraît pas très-bien pourvu de patience ;.. mais il lui faudra faire de nécessité vertu ! »

Le docteur Cornier termina sa sentence par un bon gros rire, dont les voûtes de l'escalier augmentèrent la sonorité ; et comme il avait le *verbe* haut, partout ailleurs qu'au chevet de ses malades, sa réponse aux questions de la jeune fille fut un véritable bulletin officiel pour tous les gens de la maison. M. Potin lui-même, en entendant quelque chose, voulut savoir à qui le docteur parlait ainsi.

— « C'est à Mlle Aimée, Monsieur, répondit bravement Joseph ; Francine vient de me dire, en apportant le cataplasme, qu'elle était venue se cacher dans la lingerie, pour ne point partir avec les autres, et rester auprès de Monsieur ;... et comme il y avait deux voitures, on ne s'en est point aperçu.

— Je la reconnais bien là, la chère enfant, dit M. Potin, tout attendri. Vois-tu, Joseph, bien loin de me gêner, celle-là me tiendra bonne et discrète compagnie ; aussi, mon garçon, maintenant que le pansement est terminé, et qu'il n'y a plus qu'à en humecter les linges, tu vas aller trouver ma nièce, et lui dire que j'ai besoin de ses services. »

Joseph s'empressa d'obéir ; lui aussi estimait l'orpheline, dont Mlle Francine lui avait parlé avec un véritable enthousiasme.

Aimée fut donc la bienvenue : son aimable et

douce société était précisément ce qu'il fallait à
M. Potin, qui, sans être malade, avait besoin de
calme pour ne pas augmenter cette sorte de
fièvre qui accompagne toujours les luxations
un peu graves. La jeune fille s'était munie d'un
ouvrage à l'aiguille ; et rien que son aspect,
la tête inclinée, la pose gracieuse, le geste doux
et rapide, fournissait, tout à la fois, un repos
et une jouissance aux regards de son oncle.

Au bout d'une heure environ, M. Potin, dont
l'excellent estomac demeurait fort indépen-
dant de l'aventure du matin, vint à songer tout
à coup que sa nièce n'avait pas déjeuné, et
que lui-même aurait grand besoin de prendre
quelque chose, le docteur n'ayant point interdit, d'ailleurs, un léger repas.

— « Eh bien, mon cher oncle, dit gaîment
Aimée, nous allons faire la dinette ! Oui, vraiment, Joseph nous montera l'essentiel, et je
dresserai moi-même notre couvert sur cette
petite table. »

En un instant tout fut préparé ; mais il ne
fallut rien moins que l'ascendant de son aimable vis-à-vis pour contenir l'appétit de M. Potin
dans les bornes de la prudence.

— « Que diable, mon enfant, disait-il, mon estomac n'a point d'entorse ; je vous assure qu'il
marche fort bien.

— J'en suis fâchée pour lui, mon oncle, cela prouve que c'est un égoïste, qui ne sait pas compatir aux souffrances de ses voisins.

— Oh ! oh ! pure calomnie, Mademoiselle ; vous saurez, au contraire, que ceux que vous nommez ses voisins lui ont imposé plus d'une épreuve ! Oui, oui, tête et cœur, bras et jambes, s'employaient-ils activement au service de quelque bonne cause, le brave estomac ne disait mot,.. mais il est vrai qu'il criait bien haut dès qu'on lui rendait la parole.

— Allons, dit miséricordieusement Aimée, pour aujourd'hui, nous lui permettrons de dire quelques mots à cette aile de poulet, regrettant de ne pouvoir mettre à son service l'esprit de cette charmante Mme Scarron, qui remplaçait si bien un bon plat par un joli conte !

— Eh ! eh ! dit M. Potin, je crois bien n'avoir rien à envier aux convives du pauvre poëte... jamais sa belle compagne ne rayonna de plus d'amabilité dans sa chambre que vous ne le faites en ce moment dans la mienne, ma nièce.

— Tous les hommes sont des flatteurs, même les oncles ! fit gaîment Aimée. Mais je payerai ce soir vos compliments au retour d'Afléville, et je m'imagine le bel accueil que l'on va me faire, en apprenant que vous avez bien voulu lever, en ma faveur, l'interdit dont vous aviez frappé

toutes les bonnes femmes... Alice me boudera
certainement... et ma tante... oh! ma tante aura...
peut-être le droit de se plaindre de moi, et de
vous, mon cher oncle; car vous l'avez bien impitoyablement repoussée...

— En effet, chère enfant, j'ai grand'peur que
vous ne portiez la peine de mon impolitesse et
de votre dévoûment... mais soyez tranquille,
ajouta mélancoliquement M. Potin, Alice ne
vous disputera pas longtemps vos fonctions de
garde-malade ; et, si ce n'est tante Glossinde,
qui aurait peut-être le physique de l'emploi...

— L'ai-je donc, moi, mon oncle ? interrompit Aimée en riant.

— Oh! ma petite,... vous auriez plutôt celui
d'un Ange, et les anges sont partout les bienvenus.

— Oui, mais ils ne bavardent pas, ainsi que je
le fais, et veillent, au contraire, au repos de ceux
qui leur sont confiés ; aussi vais-je vous quitter,
mon cher oncle, afin de vous laisser tout le
calme dont vous avez besoin. Joseph renouvellera
vos cataplasmes, et durant ce temps, j'irai
faire un tour au jardin, d'où je vous rapporterai
un beau bouquet, puis je vous ferai la lecture de
votre *Moniteur*. »

Ce bienveillant programme tracé par la jeune
fille devait s'enrichir d'un détail imprévu. Le
comte Melchior, réfractaire aux prévenances

étudiées de sa cousine, s'était senti touché de l'accueil simple et cordial de M. Potin. Il aimait cet homme, dont la bonté, l'humeur indépendante tranchaient d'une façon originale sur les types mondains et effacés qui l'entouraient. D'ailleurs le jeune gentilhomme, bien que fort aristocrate en théorie, n'en était pas moins libéral en pratique, et sa nature généreuse lui inspirait souvent les allures d'un redresseur de torts. La conduite dédaigneuse de l'épouse, l'indifférence de la fille pour cet homme de cœur qui, dans sa propre maison, se voyait réduit à vivre, pour ainsi dire, à l'écart, révoltaient tous les instincts de justice du jeune homme. Il se disait que, pour peu qu'elle eût eu de cœur, la noble et pauvre Adélaïde de Moraigne aurait compris qu'elle ne pouvait jouir honorablement de l'opulence de M. Potin, qu'en entourant celui-ci d'estime et de reconnaissance : agir autrement, n'était-ce point afficher une honteuse cupidité ? Rien n'était moins noble, assurément. Quant à Mlle Alice, son manque de respect à l'égard d'un excellent père n'inspirait au comte qu'un bref et dédaigneux jugement : « c'est une fille mal élevée, pensait-il. » Hélas ! il aurait pu dire : c'est une fille de notre temps !

On ne s'étonnera donc point d'apprendre que, professant de semblables opinions, Melchior se

fût impatienté de l'indifférence stoïque avec
laquelle on semblait prendre son parti de
l'accident de M. Potin. Alice eut beau se montrer
aimable et gracieuse, le beau cousin resta de
glace, ne répondant à ses avances que de cet
air galamment ironique qui inquiète les moins
clairvoyantes. Puis, quand il vit qu'après une
assez longue promenade dans le parc, on
menaçait de s'éterniser au salon pour y faire de
la musique, et sans qu'il fût seulement question
de M. Potin, le jeune homme, indigné, fit tout
bas ses adieux à la baronne, résolu à aller
retrouver pédestrement celui que tout le monde
oubliait.

En sorte qu'au retour de sa promenade,
Aimée trouva son cousin installé auprès de la
chaise longue de M. Potin, et causant fort amicalement avec lui. Elle voulait se retirer, mais
l'oncle réclama son bouquet, et Melchior déclara
que plutôt que de priver le blessé de son aimable garde, il prendrait immédiatement congé...
Aimée resta donc et se mit à arranger les fleurs
dans un petit vase qu'elle avait trouvé sur la
cheminée, et qui portait en lettres d'or cette
naïve légende : *donné par l'amitié.* — C'était un
cadeau de fête offert jadis par le père de
M. Potin à sa femme, et qui s'abritait là, en
compagnie d'une vieille pendule d'albâtre, sous

la garde d'un fils pieux, en dépit des plaisanteries de Mlle Alice qui, maintes fois, avait tenté de les remplacer par une garniture de cheminée moins vulgaire. Au reste, M. Potin, fort ennuyé des splendeurs qui le poursuivaient dans toute sa maison, avait voulu retrouver, au moins dans sa chambre, la simplicité qui lui était si chère ; et sa femme aurait rougi de confusion, si elle avait pu voir son noble cousin installé sur une vieille chaise de paille qui provenait aussi du mobilier paternel. Celui-ci y paraissait pourtant fort à son aise, et sa conversation, sa physionomie témoignaient une satisfaction complète. Quant à M. Potin, malgré la rude déclaration de principes qu'il avait faite le matin même, il était aussi heureux que flatté de l'empressement affectueux qu'avait mis le jeune homme à venir savoir de ses nouvelles, et il y répondait par la plus cordiale réception. Aimée aussi, s'abandonnant avec candeur au bien-être de cette intimité, y apportait ce charme particulier de douceur et de grâce qui émane tout naturellement d'une femme aimable Cependant, comme elle redoutait véritablement de se voir surprise par sa tante en flagrant délit de braconnage dans une propriété réservée, elle crut devoir se retirer prudemment, laissant le *Moniteur* aux mains du comte, pour le cas où il voudrait le parcourir avec M. Potin.

Je ne sais si l'on s'occupa beaucoup de politique : toutefois, quand Melchior revint dans sa chambre, il murmurait avec conviction : « Me voilà pris... oui, vraiment, me voilà pris !... mais pour cette fois du moins, ma raison se trouve d'accord avec mes principes, et c'est une conversion plutôt qu'un entraînement. »

De qui, ou de quoi voulait-il parler? — Je ne puis croire que ce fût de M. Thiers et de son *essai loyal...*

CHAPITRE IX.

Tout se passa ainsi que l'avait prévu M. Potin : quelques plaintes amères de la tante, quelques sarcasmes de la cousine atteignirent bien la pauvre Aimée, mais sans parvenir à la décourager de son dévoûment. Bientôt même on trouva si commode de se décharger sur elle de l'ennui qu'eussent imposé de longues stations auprès du patient, qu'on lui abandonna sans conteste la tâche qu'elle avait usurpée.

Une étroite intimité s'établit alors entre l'on-

cle et la nièce. M. Potin, heureux de se sentir
apprécié et compris, malgré son apparente
rudesse, bénissait presque l'accident qui le re-
tenait captif, sous l'aimable joug de sa pupille.
Le pauvre homme, si longtemps sévré de toutes
ces petites gâteries féminines, s'y abandonnait
avec des joies d'enfant. Auprès d'Aimée, il retrouvait cette tendance à l'expansion, qui était un
des traits saillants de son caractère, et qu'il lui
avait fallu refréner aussitôt après son mariage,
car sa femme eût fort mal accueilli toute rémi-
niscence de cet humble passé qui pourtant lui
avait conquis la fortune, dont elle usait si largement : l'histoire de ces jours de lutte et de
travail opiniâtre ne lui eût inspiré que de nouveaux dédains, tandis qu'Aimée ne se lassait pas
d'en écouter les détails. Son œil intelligent fixé
sur le narrateur lui communiquait une sorte
d'éloquence naturelle, qui faisait de ce simple
récit tout un petit poëme, où les épisodes émou-
vants ne manquaient pas.

M. Potin disait les efforts douloureux de sa
pauvreté aux prises avec les obstacles éche-
lonnés sur sa route comme autant de buis-
sons d'épines ; puis, ses nuits enfiévrées à la
poursuite d'une idée, ses éblouissements en-
thousiastes et ses mortels découragements,
lorsqu'ayant presque atteint le but, il se voyait

obligé de rétrograder faute d'argent ou de protecteurs.

Ah ! c'est qu'il est difficile de parvenir aux hautes sphères de l'industrie par le seul fait d'une intelligente volonté ; et M. Potin avait débuté comme simple contremaître dans cette même maison qu'il avait faite sienne,... mais au prix de quels honorables labeurs !

Ses parents, honnêtes ouvriers pleins de tendresse pour leur fils unique, s'étaient imposé de grands sacrifices pour lui procurer une bonne éducation ; et M. Potin, tout ému de ces souvenirs de la maison paternelle, traçait alors à sa nièce un naïf tableau de son enfance. Aimée croyait voir cet humble foyer auprès duquel s'installait l'écolier, attendant, le livre en main, le retour de son père, pendant que sa mère, active et joyeuse, préparait le repas de la famille.

— « Ah ! qu'il nous faisait d'intéressants récits de sa vie aventureuse de soldat, lorsqu'après le souper nous nous accoudions sur la table, croquant des noix et buvant quelques coups de cidre, tandis que ma mère tirait l'aiguille à la lueur de sa petite lampe... puis venait la prière en commun devant ce même crucifix de cuivre que vous voyez encore appendu à mon chevet.... il a reçu le dernier soupir de mes bons parents, il recevra aussi le mien, je l'espère ! »

Aimée se levait alors pour mieux contempler la pieuse relique, et M. Potin recueillait au plus profond de son cœur les larmes qui perlaient aux yeux de sa nièce.

Aussi sa reconnaissance était si grande pour l'aimable créature qui lui procurait la douceur de ces épanchements, qu'il ne parlait d'elle qu'avec une tendresse enthousiaste. La baronne Julie le suivait volontiers sur ce terrain, et l'affection instinctive que lui inspirait l'orpheline s'était encore accrue de toute l'estime qu'elle faisait du jugement de M. Potin.

Mais il était une autre personne dont ces expansions du bon oncle troublaient étrangement le beau flegme britannique : le comte Melchior, trop persuadé déjà du mérite de sa cousine, depuis la scène mémorable dont il s'était fait l'indiscret auditeur, ne pouvait entendre sans émotion les paroles de M. Potin. « Hélas ! se disait-il avec une sorte de regret, faut-il donc que je rencontre précisément dans une jeune fille sans fortune cette perle inestimable pour laquelle la baronne me conseillait d'abandonner tout le reste ? »

Cependant il était demeuré jusque-là maître de lui-même ; rien dans ses paroles ou dans sa physionomie ne trahissait les agitations de son âme, et c'est tout au plus si sa politesse envers

sa cousine se permettait quelquefois des formes plus affectueuses que la parenté ne l'exi-
geait. L'ombrageuse Mme Potin elle-même s'y
trompa si bien, qu'elle crut pouvoir mettre de
côté les légers soupçons qu'elle avait conçus
naguère. Mais peut-être que là où son tact
venait échouer, celui de la baronne ne se fût
point mépris, et qu'elle eût deviné sous ces
calmes apparences une énigme dont le moindre
incident lui eût fourni le mot. En effet, rien
qu'à entendre Melchior prononcer ces simples
paroles : « Bonsoir, Aimée », la façon dont il
accentuait le charmant prénom de sa cousine,
en faisait un qualificatif qui eût mis certainement madame d'Afféville au courant.

Une circonstance toute fortuite vint encore
augmenter l'attrait qu'inspirait l'orpheline à son
cousin. Un soir que l'on venait de quitter la
salle à manger, et que Mme Potin s'aidait de sa
nièce comme d'un habile lieutenant pour organiser les tables de jeux, le comte remarqua que
la jeune fille envoyait de petits signes d'intelligence à une personne placée dans l'antichambre;
or, cette personne était Mlle Francine ; elle se
tenait là les bras chargés d'un manteau, d'un
chapeau et d'un gros bouquet tout blanc. Le
jeune homme pensa qu'elle attendait Aimée ;
et, en effet, celle-ci n'eut pas plutôt conquis sa

liberté , que, rejoignant son respectable chape-
ron, elle se couvrit à la hâte des vêtements qu'on
lui tendait ; puis le comte les vit s'éloigner à
grands pas dans la direction du bourg. Il se mit
aussitôt lui-même en devoir de les suivre. La
nuit commençait à tomber, et le ciel se char-
geait de nuages : où donc pouvait aller sa cousine à pareille heure ?... Bientôt le jeune homme
ne douta plus du but de cette démarche en
apercevant la vieille église dont les vitres s'é-
clairaient pendant que sa porte s'ouvrait toute
grande aux rares fidèles qui pouvaient se procurer le pieux loisir d'assister à un salut en se-
maine.

Melchior attendit que tout le monde fût entré, puis il se glissa doucement tout au bas de
l'église, sous l'abri protecteur d'un vieux pi-
lier. L'autel seul d'ailleurs se trouvait largement
éclairé ; quelques lampes fumeuses suffisaient
au groupe des assistants entourant le chœur, et
le jeune homme y découvrit aisément Mlle Francine, les lunettes sur le nez et le livre à la
main; mais Aimée n'était point auprès d'elle,
et les plus minutieuses investigations ne purent
la lui faire découvrir.

L'office était édifiant, et le jeune homme se
sentit véritablement ému en écoutant ces voix
naïves qui chantaient de si bon cœur les beaux

psaumes des saluts ; mais quand on en vint à
l'hymne, l'ancien élève de Juilly, reconnaissant
l'*Ave maris stella*, se rappela tout à coup qu'on
était au huit septembre, et qu'on célèbre, ce
jour-là, la fête de la Nativité de la Vierge.

Tout un monde de frais souvenirs se réveilla
soudain dans l'âme du jeune homme ; il se rappelait le temps béni où lui aussi chantait l'*Ave
maris stella* de tout son cœur et de toute sa voix :
avec quel tendre élan ne s'écriait-il point
alors :

Monstra te esse matrem !...

Hélas ! il ne s'était trouvé réellement orphelin
que depuis qu'il avait abandonné cette autre
Mère ! Tout absorbé par ces pensées, le comte
demeurait là immobile, le front penché ; et si
ses regrets n'étaient point encore du repentir, on pouvait du moins en faire hommage à
cette Religion dont rien en ce monde n'est capable de remplacer le bienfait !

La petite clochette du sanctuaire avait retenti,
et Melchior s'apprêtait déjà à sortir, quand un
prélude de l'harmonium vint le retenir à sa
place : une femme chantait un beau cantique
à la Vierge, et dès les premières notes, le
jeune homme reconnut la voix de sa cousine.

4**

Ah ! oui, c'était bien ainsi que devait chanter Aimée : angéliquement ! Ces accents voilés d'une pieuse modestie ne rappelaient en rien la virtuose des salons ; la méthode et le talent en faisaient le moindre mérite, car c'était avant tout une voix au service d'une âme, et l'on s'abandonnait tout entier au charme salutaire qu'elle inspirait !|

Aimée avait choisi le beau cantique de Dufort, intitulé : *Refuge des Pécheurs*. Nous en donnons volontiers les strophes, beaucoup mieux inspirées que la plupart de celles qui doivent être chantées.

Reine du ciel, Vierge Marie,
O vous ma patronne chérie,
De tout mortel qui souffre et prie
    Souvenez-vous !
Vous, d'un Dieu virginale Mère,
Qui du ciel rapprochez la terre :
Vous par qui le pécheur espère...
    Priez pour nous.

Quand devant lui le ciel se voile,
Quand le vent déchire sa voile,
Du voyageur, ô blanche étoile !
    Souvenez-vous !
Souvenez-vous de nos misères,
De nos larmes, de nos prières...
Des enfants qui n'ont plus de mères !...
    Priez pour nous.

Du pauvre opprimé sans défense,
Du malade sans espérance,
Et du mourant sans assistance,
    Souvenez-vous !
Reine des Saints, Reine des anges,
Recevez-nous dans vos phalanges ;
   Qu'au ciel nous chantions vos louanges !
    Priez pour nous.

La jeune fille sut trouver dans son douloureux passé d'orpheline et de Lorraine une expression si pénétrante, pour quelques-unes de ces paroles, que Melchior les sentit s'incruster dans sa mémoire, et ne les oublia jamais.

Les sons de l'harmonium s'étaient éteints dans une émotion silencieuse, et personne ne songeait encore à quitter sa place ; le comte sortit le premier, afin de se trouver une cachette dans l'ombre du porche. C'est de là qu'il reconnut Aimée, qu'un groupe de Religieuses entourait, en la remerciant de son pieux concours.... Francine, ayant allumé une petite lanterne, insistait pour retourner bien vite à la maison ; elle signalait quelques gouttes de pluie ;... mais sa jeune compagne parlait d'une pauvre malade qui demeurait seulement à quelques pas de l'église. — « J'aurai bientôt fait de lui lire son chapitre d'*Imitation*, et cela l'aidera dans ses insomnies... Allons, ma bonne Francine, risquons une petite ondée..... »

Le comte n'en entendit pas davantage ; les deux femmes s'éloignèrent, et lui-même se mit en devoir de reprendre le chemin du salon de Mᵐᵉ Potin, où l'on trouvait peut-être qu'il mettait bien du temps à fumer son cigare. Mais comme, en montant le perron, il s'aperçut que la pluie commençait à tomber tout de bon, il se mit à chercher Joseph, et lui conta discrètement l'embarras des deux bonnes chrétiennes attardées.

— « Oh ! je sais où les trouver, dit celui-ci ; elles sont chez Mélanie, une ancienne ouvrière de la maison qui est comme paralysée : je m'en vais leur porter des parapluies. » Et le bon Joseph partit, après avoir promis qu'il se ferait l'éditeur responsable de cette galante attention. Cela le fit un peu rêver, cependant : il se demandait pourquoi le cousin avait suivi la cousine ? car, malgré la solennité du jour, on ne soupçonnait pas le jeune homme d'être un aussi fervent chrétien... Mais comme, après tout, le serviteur de M. Potin n'était point bavard, personne n'entendit parler de ses soupçons.

La réunion était fort animée quand le comte entra au salon ; quelques invités du bourg s'étaient joints à la famille Biéville, et Alice, toujours bruyante dans sa gaîté, était ce soir-là d'une humeur charmante. Debout au centre

d'un groupe de jeunes filles fraîchement parées,
elle s'occupait à piller un beau vase de ses
fleurs pour en décorer la coiffure de ses
compagnes. En toute autre circonstance, Melchior eût trouvé ce joli tableau fort à son gré ;
mais sous le coup des graves émotions qui l'a-
gitaient encore, il n'y vit qu'un essaim de jeunes folles ; et s'enfonçant dans l'embrasure
d'une fenêtre, sous les plis d'un épais rideau, il
se dit philosophiquement : — « Filles d'Eve,
celles-là, et non point de Marie : elles se parent
de fleurs et n'en ont point à porter sur l'autel
de la Vierge. »

Aimée venait de rentrer tout à point pour
faire danser ces demoiselles : c'était un emploi
qu'on lui imposait trop souvent, sous prétexte
de son deuil. Plus tard on fit de la musique ;
le clan des Biéville fournit son contingent de
romances et de duos ; puis Alice se fit entendre
dans l'air du tournois de *Robert le Diable*, où elle
excellait... mais elle avait beau s'écrier d'un
ton lamentable :

> *... Hélas ! Robert ne paraît pas !.....*

son cousin demeurait invisible ; et bien loin
de joindre ses bravos à ceux de toute l'assemblée, se dissimulait de son mieux sous les
plis de son rideau. Ce fut là que tante Glos-

sinde vint le découvrir et lui faire honte de son silence.

— « Je vous croyais dilettante ? dit-elle, et vous voilà immobile et muet comme un chevalier discourtois, pendant que notre princesse Isabelle vous sonne un si belliqueux appel !... Ah ! Monsieur ! quelles roulades perlées ! quel éclat ! quel entrain !...

— Oui, dit tranquillement Melchior ; ma cousine Alice est une virtuose ; mais que voulez-vous ? je viens de faire un si beau rêve !... (s'empressa-t-il d'ajouter, en apercevant Aimée qui s'avançait, une tasse de thé à la main...) Or, je me demande si l'homme qui vient d'entendre un ange peut écouter avec plaisir un air d'opéra ?

— Et mais, vous avez donc vraiment dormi dans ce coin ? Voilà qui est original ! Ah ! monsieur le rêveur, dites-nous au moins ce qu'il chantait, votre ange ?

— Je n'ai retenu que ceci , dit le comte en attachant un long regard sur celui de sa cousine, qui, elle aussi, l'écoutait naïvement :

« Souvenez-vous de nos misères,
De nos larmes, de nos prières;
Des enfants qui n'ont plus de mères!... »

Aimée, qui versait alors de la crême à tante

Glossinde, faillit l'en arroser,... puis, toute rougissante, s'en fut sans attendre la fin du rêve.

Et si Mlle Francine demeura très-persuadée qu'on devait les parapluies à la seule courtoisie du bon Joseph, sa jeune compagne en douta.

———

CHAPITRE X.

De même qu'un habile général, Mme Potin savait utiliser tout son monde au plus grand avantage de sa maison. Ayant donc expérimenté les aptitudes d'Aimée, elle lui avait remis peu à peu la surintendance de certains petits détails dont l'arrangement fait la grâce d'un intérieur bien soigné. Les vases de fleurs, les surtouts de table, l'ordonnance du dessert passaient quotidiennement par les mains de fée de la nièce, sans que la tante se crût autrement obligée à lui en dire un grand merci. En effet, du moment qu'on avait admis, une fois pour toutes, que cette exaltée petite personne se complaisait par-dessus tout, à l'écart, au milieu de poétiques occupations, entourée de fleurs et de parfums... la reconnaissance eût été superflue, et Mme Potin s'en abstenait si prudemment, que ses hôtes, émerveillés des élégances fleuries de son salon et de sa table, étaient loin d'en soupçonner le modeste auteur. Parfois même, il arrivait qu'une louange égarée (mais nonobstant bienvenue) s'en allant atteindre Alice, au lieu et place de sa cousine, personne ne réclamait.

Un matin donc que la charmante pourvoyeuse s'en revenait du jardin, tout enguirlandée de longues branches de vigne vierge aux baies noires, au feuillage richement nuancé par l'automne, et dont elle voulait faire un surtout, son cousin la rencontra sur le perron, et s'enquit de l'usage auquel elle destinait ces gracieux festons.

— « C'est pour en orner la table du déjeuner, dit-elle, et je n'ai que le temps de commencer mon surtout, si je veux l'avoir achevé, car il me manque encore bien des choses.

— Puis-je vous aider ? que faut-il cueillir ? me voilà tout à votre service ! » dit allègrement le jeune homme.

Aimée restait là hésitante ; son instinct l'avertissait que Mme Potin ne serait nullement flattée de l'aimable collaboration qu'on lui offrait en ce moment.

— Puisque vous voulez bien avoir cette bonté, dit-elle enfin, il me faudrait encore un peu de mousse ; vous en trouverez autour de la cascade ; puis, si vous voyez quelques jolis rameaux de lierre, j'en aurai peut-être le placement.

— Fort bien ! j'y cours ; mais où vous retrouverai-je ?

— A l'office, avec Mlle Francine. »

Il partit, tout heureux de sa mission ; et, quelques moments après, il revenait avec la mousse contenue dans un journal dont il avait fait un grand cornet.

Mais, pendant qu'Aimée le vidait sur la table de l'office, admirant le beau choix que le jeune homme avait su faire, celui-ci, qui paraissait sous le coup d'une vive émotion, lui dit soudain :

— « Voyez donc, ma chère cousine, j'ai fait une trouvaille ; oui, une rare et précieuse trouvaille : cette jolie pervenche bleue qui fleurissait entre deux pierres, comme une aimable petite sournoise qu'elle est !

— En effet, dit Aimée, elle est bien en retard, ou plutôt en avance, car les pervenches refleurissent toujours à la fin de l'automne, dans les endroits bien abrités : ce sont les premières et les dernières fleurs.

— Je ne saurais vous dire combien cette découverte m'a charmé !... C'est bien pour moi qu'elle a fleuri ! me disais-je !...

— Ah ! mon Dieu ! fit Aimée, vous aimez donc bien les pervenches, mon cousin ?

Et relevant son front penché sur la fleur, elle contemplait naïvement Melchior.

— Si je les aime ?... oh ! oui ! s'écria-t-il, en plongeant son regard dans le velours bleu des jolis yeux de sa cousine : il peut arriver que quelque jour je vous dise pourquoi ;... mais, en attendant, je garde cette fleur, continua-t-il, en la fixant soigneusement à sa boutonnière ;... et quand elle sera fanée, je la mettrai dans le livre de prières de ma mère :... oui, je veux conserver toute ma vie le souvenir délicieux du moment où je l'ai trouvée... C'était vraiment une révélation ; et, comme si les ténèbres de mon âme se fussent dissipées, j'ai compris mon avenir, et j'ai béni la Providence qui mettait cette fleur sur ma voie, pour mieux me l'indiquer !.... mais, peut-être n'avez-vous jamais éprouvé que certains agents, inertes en apparence, ont parfois une incroyable action sur les actes les plus sérieux de notre existence ? Vous êtes si raisonnable, ma cousine, si calme même, en dépit de l'opinion de N^me Potin, que vous auriez peine à comprendre l'exaltation où je suis. Pour le moment, cela vaut mieux peut-être, » ajouta-t-il avec mystère.

Aimée était interdite : le langage de son cousin avait beau se faire obscur, le regard dont il l'avait enveloppée la troublait étrangement ; son front se colorait d'une rougeur pudique, pendant que de ses doigts tremblants elle maniait les gracieux éléments de son surtout. Aussi, bien loin de continuer à interroger le jeune homme, éprouvait-elle une véritable appréhension d'en entendre davantage...

Melchior s'en aperçut ; mais, malgré le profond respect que lui inspirait sa jeune parente, il ne put se résoudre à la quitter : il se complaisait à étudier cette innocence effarouchée devant une ombre, et se disait avec joie : « Enfin ! voilà donc une jeune fille ! Elle ignore le danger, mais elle s'en défie d'instinct : une ingénue de salon n'eût pas manqué de bénéficier, en pareil cas, de sa prétendue candeur pour me faire des questions ; tandis que celle-ci reste muette : une prudence virginale lui enseigne à se refermer, comme une blanche citadelle, à l'approche de l'ennemi.

— « Ma cousine, dit-il enfin, après un long silence, permettez-moi de vous faire remarquer qu'il manque encore quelque chose à votre petit chef-d'œuvre de feuillage.

— Eh ! quoi donc, s'il vous plaît ?...

— La signature de l'auteur... On vous nomme Aimée...

— Eh bien ?...

— Comment vous dire cela ? car c'est une harmonie insaisissable et, par conséquent, inexprimable ;... cependant, elle m'a frappé de telle sorte que, dorénavant, la vue d'une pervenche évoquera toujours en moi votre souvenir :... donc, je vais vous prêter cette fleur, continua-t-il, en l'approchant tout d'abord de ses lèvres, nous la mettrons ici, en guise de signature (puisque, seule, elle est digne de vous représenter), et je viendrai la reprendre dès qu'elle aura fait son office ; car je veux la porter le reste du jour. »

Et Melchior posa délicatement la petite fleur bleue dans l'une des coupes de cristal qui, tout en s'étageant autour de la tige principale, formaient comme d'élégants calices aux festons de la vigne vierge.

Aimée comprenait enfin et souffrait;... toutefois, elle voulut encore essayer de l'enjouement, pour dissimuler son trouble :

— « Chevalier de la Pervenche, dit-elle en souriant, c'est vous, et non pas moi, qui signerez cette œuvre, à laquelle vous avez, du reste, collaboré. En style de commerce, ne nous avez-vous pas bâillé et le lierre et la mousse ? Vous serez donc notre raison sociale, car je me contenterai parfaitement du — *et compagnie,* — sous lequel ma modestie pourra du moins s'abriter.

— Vous plaisantez, ma cousine, tandis que moi, je me sens plus ému que je ne saurais dire, à la seule idée d'une association quelconque avec vous... Oh ! oui, n'en doutez pas : le Chevalier de la Pervenche serait bien heureux de pouvoir abriter à tout jamais sa petite cousine Aimée ! »

A ces mots, dont il n'était plus possible de détourner la signification, Aimée trembla ; une larme vint rouler sur sa joue ; mais bientôt faisant un effort de courage :

— « Mon cousin, dit-elle avec dignité, je sais que vous êtes bon ;... vous m'avez offert votre dévoûment, et je l'ai accepté, bien certaine que vous auriez à cœur, non-seulement l'honneur de votre nom, mais la paix d'une orpheline ; je ne connais point d'autre association entre nous, ne l'oubliez plus, je vous en supplie. » Et, saluant le jeune homme, elle se retira tout simplement, et comme pour vaquer à d'autres occupations.

Melchior restait là, fort dépité : — « Eh bien ! pensa-t-il, voilà ce qui s'appelle une leçon ! Rien de tel que l'innocence pour aller droit au but. Cette jeune fille a été sévère, trop sévère, peut-être, avec un cousin !... Mais, après tout, n'était-ce pas précisément d'un cousin qu'elle devait attendre un plus respectueux langage ?

J'en disais trop, ou trop peu :... ce n'est point ainsi qu'on se fait écouter d'une telle femme. Allons, j'ai fait une école, et maintenant j'aurai toujours l'air d'un sot auprès d'elle... Ma foi ! j'aimerais presque autant m'en aller. » Et cette idée s'emparant de l'esprit du jeune homme, il se mit à bâtir un plan qui devait le tirer de cette situation fâcheuse. — « De deux choses l'une, se disait-il, ou bien j'aime ma cousine au point de lui sacrifier, sans regrets, mes goûts, mes habitudes, et jusqu'à mes espérances de fortune ;... ou bien, l'impression qu'elle a faite sur moi, passagère comme tant d'autres, ne pourra résister à l'épreuve :... en ce cas, quel service m'aurait rendu cette enfant, en me criant ainsi : Casse-cou !... Chacun sait que le grand air, la campagne, la vie au soleil, enfin, sont des jouissances capiteuses, sous l'influence desquelles le moins romanesque se met à composer sa petite églogue sentimentale... Tant qu'on n'a pas de cheveux blancs, on est enclin à ces écarts de jeunesse ;... mais bientôt l'illusion se dissipe, le rêve fait place à la réalité ; la vie civilisée reprend ses exigences, et l'on se retrouve homme de plaisirs comme devant, c'est-à-dire aimant par-dessus tout ses aises... Hélas ! si je suis cet être égoïste et mesquin, que ferait de moi ma pauvre petite cousine

Aimée ?... Voilà ce qu'il faut étudier, puisque réellement je m'ignore... Sans doute, j'ai parfois de fort beaux raisonnements, des aspirations vertueuses, et même certains points de vue philosophiques ; mais qu'il y a loin de la théorie à la pratique !... Sais-je seulement si je pourrais vivre en province de mes maigres revenus, entre les vieux murs de mon petit castel du Berry ?... Or, je n'aurais point d'autre parti à prendre, pour le cas où je me déciderais à faire ce mariage... Allons, voilà qui est résolu : je pars pour Paris, aujourd'hui même, le prétexte me sera fourni par mon courrier de ce matin : je dirai que mon agent de change me rappelle pour affaires... C'est cela. »

Et le jeune comte se levant pour regagner le salon, d'où partait un bruit confus de voix, rencontra du regard la petite pervenche bleue.

— « Ah ! s'écria-t-il, en la rattachant à sa boutonnière, toi, du moins, tu ne m'échapperas pas ! et c'est là que je te veux, petite sauvage ! Tu parleras pour moi,... tu feras mes adieux ;... et quand nous serons dans ce grand Paris, nous causerons ensemble : c'est à toi que je demanderai si l'amour a duré plus que la fleur !...

« Hélas ! j'ai bien peur que les bruits de la grande ville n'étouffent ta voix ;... mais je sais

que, tôt ou tard, tu auras au moins ton jour
(si toutefois tu n'as toute ma vie)... Oui, le jour
des tendres souvenirs, et peut-être des regrets...»

Un profond soupir ayant enfin ponctué ce
monologue intime, Melchior voulut se rendre
au salon ; mais, en traversant le vestibule, il
aperçut Alice si belle, si élégante dans sa toilette nuancée de rose et de blanc, que, tout en-
tier à ses préoccupations symboliques, il ne put
s'empêcher de la comparer à une belle fleur de
camélia. Fleur des salons, celle-là, pensait-il ;
mais, hélas ! j'aime mieux la pervenche !

Alice, qui se sentait en beauté, était de très-
bonne humeur.

— « Mon cousin, dit-elle étourdiment, je suppose que vous n'avez point la migraine ? Non,
ce serait dommage, car je comptais vous prier
de vouloir bien transcrire sur mon album, de
votre plus belle écriture, la chanson de franc-
tireur que j'aime tant.

— Je vous l'enverrai de Paris, ma chère cousine ; je pars tout à l'heure, rappelé par mon
agent de change.

— Ah ! mon Dieu, quel ennui !... moi qui
voulais monter un proverbe !...

— Vous vous passerez fort bien de moi.

— Cela vous plaît à dire ; je vous nommais
Directeur.

— Eh bien! M. Maurice remplira parfaitement cette charge.

— Non, non ; maintenant que vous partez,
cela ne signifierait plus rien ; je préfère y renoncer tout de suite, dit l'enfant gâtée, avec
une sorte de dépit.

— Mais au contraire, ma cousine : voilà
votre proverbe tout trouvé : *L'homme propose,
et Dieu dispose.*

— Il ne vous manquait plus que de vous moquer ainsi, pour devenir tout à fait insupportable !... Que va dire maman ?... Elle croira que
vous vous ennuyez...

— Ma tante est une femme trop sage pour
ne point admettre les raisons d'un agent de
change, dit en souriant le jeune homme ; d'ailleurs je reviendrai, et la preuve, c'est que je
vous laisse mon fusil, comme gage...

— Un fusil peut être renvoyé, dit Alice avec
défiance. Le plus clair de tout ceci, je le répète, c'est que vous vous ennuyez.

— Oh ! fit le jeune homme, moins franc que
poli : auprès de vous !..—Non, non, ma cousine,
je ne m'ennuie pas, continua-t-il, en voyant
paraître Aimée ; j'emporte de cette maison de
trop précieux souvenirs, pour mériter ce
doute offensant ;... mais je dois la quitter ; il est de grands devoirs dans la vie !

— Ah ! mon Dieu ! ce que c'est pourtant que l'abus des mots : vous nous dites cela à propos d'affaires ; fi donc ! je vous croyais plus désintéressé ! — Aimée, savez-vous que mon cousin nous quitte ? »

Aimée s'arrêta et tressaillit soudain :

— « Cette nouvelle ne peut être que bien indifférente à Mademoiselle de Moraigne, sans doute, » dit amèrement le comte. Puis il se hâta d'offrir son bras à Alice pour passer au salon.

Quant à la pauvre Aimée, immobile, et comme terrifiée par ce cruel langage, succédant sans transition aucune à celui qu'elle avait dû repousser l'instant d'auparavant, comme trop tendre, elle se dit avec accablement :

— « Ma place n'est point dans le monde, j'y perdrais toutes notions du juste et de l'injuste. Voilà que je croyais avoir bien agi, et il se trouve que j'ai blessé mon cousin !... Moi-même je souffre tout comme si j'étais coupable, et la conscience d'un devoir accompli ne suffit pas à me consoler. Il est bien dur aussi de perdre un ami, quand on en a si peu !... Peut-être ai-je mal compris mon cousin, et me suis-je montrée trop sévère... Allons, j'ai encore quelques minutes à moi ; remontons dans ma chambre, pour examiner cela, avec ma mère, devant Dieu. »

Quand la cloche du déjeuner vint à retentir, la jeune fille, qui priait à genoux, se releva pleine de force ; son trouble avait disparu, et son regard avait repris toute sa limpidité. Elle était pâle cependant ; quelque chose de plus grave répandu sur toute sa personne annonçait que l'enfant se faisait femme. Mais elle savait, à n'en plus douter, qu'elle avait fait son devoir, car sa mère lui avait dit tout bas : Courage, ma petite Aimée !

CHAPITRE XI.

Le départ du comte ne pouvait manquer d'exercer toutes les imaginations. M. Potin fut le seul, peut-être, qui consentît à se payer des raisons fournies par le jeune homme, car sa franchise habituelle supposait toujours celle d'autrui ; mais sa femme devint inquiète ; elle se prit à douter de la réussite de ses projets, et même de l'infaillibilité des moyens qu'elle avait cru devoir employer. Ce fut là un sujet de méditation bien douloureux pour son orgueil... Sa famille, et jusqu'à ses hôtes, s'en

ressentirent, et Alice plus que tous les autres.
Cette mère, jusque-là si vaine de sa fille, qu'elle
en était aveugle, ouvrit tout à coup les yeux
sur une foule de petits défauts, et surtout (pour
parler son langage...) d'inconvenances ! qu'elle
se mit à poursuivre impitoyablement du matin
jusqu'au soir : Alice était trop gaie,... parlait
trop haut,... chantait trop ;... sa mise n'était pas
assez simple, assez chaste ;... sa conversation
manquait de tact et de modestie... Enfin la
pauvre femme reprochait précisément tout ce
qu'elle avait encouragé, et souvent admiré jusque-là... Si quelqu'un se fût avisé de lui dire
qu'elle demandait à sa fille de ressembler en
tout, et parfaitement à sa nièce, elle se fût ré-
criée... Rien n'était plus exact cependant : car, à
son insu, Mme Potin, éclairée beaucoup trop
tard sur le type réel d'une bonne éducation, traçait à tout instant, à travers sermons et reproches, le véritable portrait d'Aimée.

Toutefois, elle n'en était ni plus tendre, ni
plus juste avec cette dernière, qu'une sorte
d'instinct maternel lui désignait, sinon comme
une rivale de sa fille, au moins comme un
point de comparaison des plus dangereux. La
pauvre Aimée s'était vue plus d'une fois dans la
nécessité de regagner prudemment sa chambre,
pour éviter quelque éclat de cet orage perpétuel

qui grondait sourdement dans la tête de Mme Potin ; et parfois elle avait donné asile à sa cousine, d'abord stupéfaite, mais bientôt irritée au plus haut point d'un traitement aussi nouveau.

— « Ma mère est malade, sans doute, s'écriait l'enfant gâtée ; mais, en tout cas, je déclare qu'elle devient insupportable ! Si cela devait continuer, j'aimerais autant, je crois, retourner dans mon couvent, ou bien épouser le premier venu... qu'elle y prenne garde ! dès que je le voudrai, — j'ai un autre mari sous la main.

— Comment, un autre mari ?... interrogeait candidement Aimée, souriant de l'expression.

— Je m'entends, ma petite !... Ce qu'il y a de certain, c'est que je ne me laisserai point ainsi tourmenter et torturer, tant que le jour dure, en l'honneur de monsieur le comte... »

Aimée était si discrète, que la plus faible allusion au secret d'autrui lui fermait la bouche ; et la conversation en fût certainement demeurée là, si sa cousine lui eût ressemblé. Mais Alice, bien que peu expansive de cœur, l'était néanmoins de tête ;... et cette petite tête, une fois montée par la colère, bouillonnait de telle sorte qu'il fallait que le trop plein s'en échappât.

5*

— « Voyez-vous, ma cousine, on peut se confier ces choses-là en famille, mais la maladie de ma mère,... c'est tout bonnement du dépit ;... oui, le dépit d'avoir vu partir mon cousin sans qu'il lui eût fait aucune ouverture à mon endroit... Comme elle s'est mis en tête de faire de moi une comtesse, et, qui plus est, une comtesse de Moraigne, la pauvre femme ne peut se consoler du départ d'Ulysse !... comprenez-vous ? »

Aimée comprenait fort bien ; mais elle laissait rire toute seule la jeune folle, car l'idée de cette moderne Calypso ridiculisée par sa propre fille ne présentait à son esprit qu'un affligeant tableau.

— « Oh ! ma cousine, vous avez grand tort de parler ainsi de votre mère, disait Aimée avec une sorte d'effroi : si vous saviez ce que c'est, une mère... quelle tendresse ! quel dévoûment ! Il faut peut-être l'avoir perdue pour bien comprendre le respect qui lui est dû ! Je vous en prie, faites effort pour contenter la vôtre :... on est si malheureuse de ne plus pouvoir rien pour sa mère !...

— Je ne puis pourtant pas obliger le comte à m'épouser pour plaire à la mienne, répliquait Alice ;... et d'ailleurs, je n'y tiens pas plus que lui, voyez-vous ; j'ai dans l'idée que nous ne serions pas heureux ensemble : il est trop sérieux par moments, trop pédagogue, trop content de son mérite et de sa personne. Je craindrais qu'il ne devînt exigeant, et que sa tyrannie me confinât quelque jour dans sa terre du Berry ;... car il n'y a rien de tel que ces hommes qui ont beaucoup vu le monde, beaucoup voyagé, pour s'éprendre tout à coup de la vie champêtre. Or, je vous demande un peu, la belle perspective ! Un vieux château du temps du roi Dagobert, monsieur à la chasse ou visitant ses fermiers, et madame à son ménage ou à son aiguille ; de temps en temps la visite de quelque hobereau, la messe le dimanche et le pain béni aux grandes fêtes :... voilà, je crois, l'idéal des rêveries philosophiques de mon cousin ; or, ce n'est pas du tout le mien, je vous l'avoue. »

Aimée écoutait mélancoliquement cet exposé burlesque de la vie d'un gentilhomme campagnard ; mais, en même temps que sa cousine en esquissait ironiquement les grandes lignes, une foule de charmants détails se présentant à son esprit, transformaient le tableau, et lui prêtaient mille charmes.

— « Peut-être avez-vous grand tort de repousser cette calme et honorable destinée, ma cousine, dit-elle enfin : rien de bon, rien de doux, rien de souhaitable à mes yeux, comme cette vie à deux sur le petit coin qui nous est échu en partage. C'est alors que notre bonne volonté, aidée de la grâce divine, devient une véritable force, et que l'on arrive à accomplir son œuvre, une œuvre d'ordre et de paix, aussi utile à la société qu'à nous-mêmes. N'avez-vous jamais lu dans l'*Imitation* que « l'homme paisible est plus utile que le savant? » D'ailleurs, il me semble que, devoir à part, cette tâche doit être douce à remplir auprès du compagnon de sa vie. Les gens du monde se voient peu : affaires ou plaisirs les séparent, et chacun s'en va de son côté ; mais on s'aime mieux, et plus fidèlement, croyez-moi, quand on n'a qu'un même but, et que chacun des deux y apporte toute son intelligence et tout son cœur...

— S'aime-t-on réellement, quand on s'ennuie ? interrompit Alice ; cela doit arriver souvent.

— Je pourrais vous dire , en retournant la question : s'ennuie-t-on quand on s'aime ?... mais ce n'est point ainsi que je veux y répondre. Vous méprisez la vie agreste, ma cousine; ah! c'est que vous ne la connaissez pas. Ces longues journées, au programme intéressant et si bien rempli, ne me semblent point du tout effrayantes. Voyez plutôt ma châtelaine sortant de sa chambre en toilette simple mais soignée, pour présider à une foule d'occupations d'où dé-

pend le bien-être de tout ce qui l'entoure :
c'est à elle que revient l'honneur de ce petit
gouvernement où chacun fonctionne de son
mieux. Cet ordre si bien établi, ces appar-
tements soignés, ces repas abondants, et jusqu'à l'élégance souriante des moindres détails, tout n'émane-t-il pas de la maîtresse de
céans !... J'aime à me la figurer parcourant ses
jardins, suivie de ses pourvoyeuses : c'est elle
qui cueille les bouquets du salon, et parfois
les beaux fruits du dessert, pendant que les
grands paniers s'emplissent de légumes... Puis
ce sont les viviers que l'on visite : les carpes
sautent, les anguilles frétillent, les écrevisses
rampent... Enfin, on pousse jusqu'à la ferme,
où les petits enfants sourient à la Dame, qui
n'oublie jamais sa bonbonnière ; les œufs, le
laitage....

— Assez, assez !... vous allez me donner une
indigestion !... Oh ! quel peintre réaliste vous
feriez, avec votre mine angélique !.. Mais dites-
moi, belle conteuse, que devient votre châtelaine pendant la pluie ?...

— Elle s'en tire à merveille, et c'est pour
elle une nouvelle jouissance que de voir tomber la pluie sur les champs rafraîchis, pendant qu'abritée dans l'embrasure d'une haute
fenêtre en ogive, elle ajoute, soit une fleur à

une belle tapisserie, soit une petite chemise à la layette des pauvres. Un jour de pluie ! mais, ma cousine, c'est un programme à remplir de lecture, de musique, de causerie... Le mari ne sort pas ; on le gâte un peu : s'il fait froid, un petit feu clair, un bon fauteuil et les journaux qu'on lui apporte bien classés...

— Et lui... que fait-il pour sa femme, ce mari ?... (car elle m'amuse vraiment, avec ses contes bleus !)

— Mais il se laisse faire, donc ! et se dit : J'ai une excellente petite femme.

— Grand merci ! voilà un Seigneur et Maître qui ne m'irait pas du tout.

— Bah ! celui des deux qui se dévoue le mieux sera toujours le plus heureux.

— Du tout, du tout ; je soutiens, moi, que c'est un métier de dupe, et qu'on ne doit pas encourager ainsi l'égoïsme... Mais peut-être devient-on forcément stupide dès qu'on aime, dit Alice d'un air méditatif... homme ou femme... Il y a ce pauvre Maurice de Biéville, que je mène parfois si mal ; eh bien ! il ne m'en veut jamais... Vous avez dû vous en apercevoir, Aimée ?

— Oui, dit celle-ci en rougissant un peu de la confidence ; il est bien bon, bien complaisant.

— Dites plutôt que, pour la fidélité et le dé-

voûment, c'est un vrai caniche ! Mais c'est aussi
un homme spirituel et distingué, ajouta la
jeune fille, d'un ton plus grave. J'ai tort de me
moquer de lui ; car, après tout, il en vaut bien
un autre, et j'ai pensé quelquefois qu'il ren-
drait une femme heureuse. Vous me direz peut-
être qu'un petit magistrat de province, et sans
fortune, n'est point un parti pour moi... Toutefois il a du mérite, et, avec des protections,
on arrive à tout... Mais je vous laisse, je vais
voir mon père, fit tout à coup la jeune fille,
réfléchissant peut-être qu'il était grand temps
de clore ses confidences ; lui au moins ne me
gronde pas toujours ; on croirait même qu'il
me plaint, depuis que ma mère m'en veut. »

Alice ne se trompait pas : M. Potin était
trop bon et trop juste pour vouloir rendre sa
fille responsable de la conduite du comte ; et
quant aux défauts que sa mère lui reprochait,
il pensait que, comme il est naturel de recueillir ce que l'on a semé, Mme Potin ayant voulu faire
avant tout d'Alice une jolie poupée de salon,
ne pouvait lui demander ainsi, du jour au lendemain, les qualités et les vertus d'une femme.
Il était donc redevenu pour elle ce complaisant refuge des petits chagrins de son enfance,
et malgré la légèreté, disons plus, malgré l'é-
goïsme dont la vanité revêt ses esclaves, Alice

sentait que ce père tant dédaigné méritait au moins tout son respect : aussi, quand, plein de tendresse et de bonté, il l'attirait dans ses bras, et que là, cœur à cœur, il lui donnait tout à la fois ses baisers et ses conseils, quelque chose, comme un remords, soulevait la poitrine de l'ingrate, et ses yeux s'emplissaient de larmes.

— « Vois-tu, ma chérie, tu n'es encore qu'une grande et charmante enfant, disait l'excellent père ; mais, si tu le veux bien, nous ferons de toi une fille de mérite : réfléchis un peu, et tu verras que, bien loin d'être plus heureuse en recherchant uniquement le plaisir, tu fais un vrai métier de dupe... Oui, ces veilles fatigantes, ces toilettes gênantes, ce cérémonial ennuyeux, sont autant de fardeaux que l'on s'impose bénévolement, sans que rien en dédommage. Travailler pour le monde, ma petite, c'est travailler pour le roi de Prusse, car, dès qu'il a tiré de vous tout ce qui peut le satisfaire, en fait de talents, d'esprit et de beauté, il vous délaisse dans le vide, sans plus s'inquiéter de ses anciens favoris que d'un vieux citron que l'on jette après l'avoir bien pressuré. Il n'en est pas de même du bon Dieu : sans doute il nous demande bien des choses : le travail, la vertu, et souvent des sacrifices ; mais comme il nous paie tout cela ! je te parle par expérience, vois-tu, ma chère fille ; tu n'as jamais voulu entendre l'histoire de ma vie... et pourtant c'eût été une bonne leçon pour vous, Mademoiselle, qui croyez que « les alouettes doivent vous tomber toutes rôties ». Vous auriez su ce qu'il m'a fallu d'efforts et de volonté pour parvenir ; mais, en même temps, je vous aurais dit mes joies, et aussi ma reconnaissance, quand le secours d'en haut venait me réconforter ;... si bien que, tout compte fait, ma fille, il se pourrait que j'eusse été plus heureux que toi dans ma jeunesse... Oui, vraiment, tu as beau me faire tes grands yeux étonnés : le pauvre enfant qui sut franchir un à un, et avec mille peines, tous les degrés de son échelle, pour en arriver à devenir un homme utile et bien posé en ce monde, le père de Mlle Alice, enfin !... fit-il en l'embrassant avec tendresse, a peut-être récolté, au milieu des épreuves de sa vie, plus de bonheur réel, plus d'intimes satisfactions, que tu n'en auras jamais, ma pauvre fille, car le travail porte en soi sa récompense ; et Dieu, qui nous en fait une loi, a voulu qu'une bénédiction particulière y fût attachée. Enfin, ma petite.... ne sais-tu pas qu'un jour nous serons jugés d'après nos œuvres?... »

Alice fit un gros soupir.— « Oui, je sais cela, dit-elle ; mais je l'oublie si souvent !... Et puis, vois-tu, mon bon père, maman a peut-être raison : je suis trop gaie.

— Non, non, mon amour, elle a tort ; jamais une jeune fille n'est trop gaie ; cela fait partie de son devoir, au contraire ; mais il faut au moins travailler un peu, tout en gazouillant, comme les petits oiseaux ;... et surtout ne point manquer plus qu'eux de rendre grâces au Créateur... Or, ma chérie, tu sais, les oiseaux font leur prière du matin et du soir ?...

— Et moi aussi, papa, dit la jeune fille avec un air offensé ; me prends-tu donc pour une impie, parce que je ne suis pas une sainte comme Aimée ?... Quelquefois, vraiment, j'en suis un peu jalouse ;... je crois que tu l'aimes plus que moi...

— Tu tiens donc à ce que je t'aime ? fit le père avec une joyeuse émotion. Oh ! bien en ce cas, sois tranquille, mon Alice, personne au monde ne peut te donner d'ombrage ; non, pas même ma charmante nièce !... car entre nous deux, vois-tu, c'est la nature qui parle, et il n'y a rien de plus fort ! Je t'aime, parce que je t'aime, toi ;... les autres, ce n'est que quand ils le méritent... Seulement, ma chérie, tu serais bien gentille de me fournir de temps en temps quelques bonnes raisons pour cela : car, sans reproche, depuis longtemps déjà, tu m'encourages si peu, si peu,... que mon cœur s'effarouche, et n'ose plus parler !...

— Oh ! père, s'écria la pauvre Alice, remuée jusqu'au fond de l'âme, j'ai été une mauvaise fille !... je le confesse, et je m'en repens ! »

M. Potin la serra plus tendrement dans ses bras.

— « Non, ma chère petite, tu n'as pas été mauvaise, mais seulement aveuglée... Maintenant que tu y vois clair, eh bien ! tu m'aimeras ;... tu me respecteras, ma fille, ajouta-t-il avec une imposante gravité, parce que je le mérite, entends-tu-bien ?... mais aussi pour obéir au commandement de Dieu. »

De ce jour, le père et la fille redevinrent si bons amis, que toute la maison s'en aperçut. A la vérité, Alice ne fut point pour cela transformée du jour au lendemain, ainsi que l'aurait voulu sa mère ; mais sa bonne volonté était si évidente, que son père s'en contentait. A mesure qu'elle s'efforçait de devenir modeste et raisonnable, elle aimait davantage sa cousine, et bientôt on put constater entre les deux jeunes personnes une entente qui surprit étrangement Mᵐᵉ Potin.

— « Ma fille m'échappe comme le reste, pensait-elle avec effroi : ses goûts et ses habitudes changent à vue d'œil ; elle devient bourgeoise à désespérer !... Décidément j'ai bien peur que l'élément paternel ne domine... •

CHAPITRE XII.

La baronne Julie se promenait dans son beau jardin, jouissant avec un plaisir recueilli des magnificences de l'automne : les pelouses plus fraîches et plus touffues que jamais, les massifs mieux fleuris, mieux variés, le feuillage nuancé de riches teintes où la nature semblait vouloir épuiser sa palette, dans un dernier effort, avant de prendre son grand repos... tout cela parlait aux yeux et au cœur de la promeneuse, dont la vie contemplative absorbait quotidiennement de douces heures. C'était pour elle l'instant béni où elle aimait à évoquer de tendres souvenirs, que la solitude et la prière lui rendaient, pour ainsi dire, palpables ; et il arrivait qu'à force d'amour et de foi, elle croyait réellement sentir autour d'elle la présence de ses morts bien-aimés, heureux de s'unir à ses ferventes adorations... Quel oratoire, en effet, que ce jardin, rayonnant au soleil de toutes les beautés terrestres, sous les yeux de cette croyante qui, elle aussi,

savait interpréter le langage des fleurs ! La
grandeur et la bonté de Dieu s'y révélaient plus
éloquemment à son âme qu'à travers les pages
d'un missel. Mais il était bien rare que ces
pieuses méditations se renfermassent dans un
centre tout mystique et personnel : Mme d'Affléville était trop charitable, pour oublier ses
amis en pareil cas, et quand elle avait bien
pensé aux morts, elle priait pour les vivants,
recommandant à Dieu chacun de ceux qui
l'intéressaient en ce monde. Or, ce jour-là même,
elle avait appris le départ imprévu du comte
Melchior ; et doutant un peu, avec Mme Potin,
de l'urgence des affaires qui rappelaient si
brusquement le jeune homme, elle venait,
suivant sa bonne habitude, de remettre à la
Providence la conduite de cet événement.

— « Alice aura fait des siennes, pensait-elle ;
et le comte, averti à temps, et voulant mettre
un terme à une fausse situation, se sera décidé
à partir.... Toutefois, il pourrait se faire qu'un
tout autre motif l'eût déterminé... Il m'a bien
chaudement remerciée, le jour où j'ai défendu
sa cousine Aimée contre les attaques de
Mme Potin ;... il m'avait même promis de me
raconter quelque chose à ce sujet. Je regrette
qu'il ne l'ait pas fait, car tout ce qui touche à
cette charmante fille m'intéresse infiniment... »

Elle en était là de ses réflexions, lorsqu'un coup de cloche retentit, et bientôt le facteur apparut à la grille. C'est toujours un homme fort important à la campagne, où la rareté des incidents en double le prix. Mme d'Afléville s'en fut donc elle-même à son avance pour recevoir le précieux paquet qui lui apportait des nouvelles de ce monde, qui occupe encore lorsqu'on l'a quitté; puis, revenant s'asseoir sous un beau groupe d'arbres, elle se mit à explorer curieusement journaux et papiers. Une lettre assez volumineuse se présenta, l'écriture en était inconnue, mais il faut croire que le cachet armorié en révélait l'auteur; car Mme d'Afléville la saisit avec empressement, et frappant de ses doigts l'enveloppe, dit d'un air de satisfaction : — « Voilà la réponse à tous mes doutes. » — Elle ne se trompait point, car ayant développé la missive, dont la longueur ne paraissait point l'effrayer, elle lut au bas la signature du comte de Moraigne... Mais, profitant de nos indiscrets priviléges, nous lisons avec la baronne, et par-dessus son épaule :

« MADAME ,

« Permettez-moi de vous présenter tout d'abord mes excuses, pour avoir quitté le pays sans prendre congé de vous.

« Ce n'est point à vous que j'aurais osé soutenir
que mon agent de change me rappelait à Paris : c'eût été manquer tout à la fois au profond respect et à la confiance sans limites que
vous m'inspirez. Non, Madame, la vérité est
que je me suis enfui ;... oui, enfui pour échapper à une fausse situation, et peut-être aussi à
la tentation de mal faire : car, en demeurant
plus longtemps, j'eusse couru le risque de
scandaliser un ange.

« Vous devinez qu'il s'agit de ma cousine Aimée.
Ah ! Madame, avec quelle irrésistible puissance
cette douce créature ne s'est-elle pas emparée
de tout mon être ! Les femmes qui m'avaient
occupé jusque-là ne m'impressionnaient que
partiellement : c'était, ou bien le cœur, ou bien
les sens qui étaient touchés ; mais la plus noble partie de moi-même, mon âme enfin, restait libre ;... tandis que j'ai tout donné, tout
soumis à cette aimable et candide enfant... Oui,
tout !... jusqu'à ma raison, dont la voix s'unit à
celle de mon cœur, pour me crier plus haut
que lui, peut-être : — Voilà la femme qu'il
faut aimer !

« Hélas ! Madame, j'ai pourtant trouvé la har-
diesse d'effaroucher cette noble créature. Je
veux vous le confesser, afin que cet aveu me
soit un titre auprès de vous, si jamais j'avais à

solliciter votre bienveillante intervention auprès de ma cousine : et qui donc mieux que
vous pourrait plaider ma cause?

« Vous connaissez l'histoire de Zénon, Madame : vous savez qu'ayant témoigné le désir
de faire partie d'une académie silencieuse,
dont tous les membres étaient au complet,
pour toute réponse on lui présenta une coupe
si bien remplie, qu'une seule goutte de plus
l'eût fait déborder;... mais Zénon y ayant posé
fort délicatement une feuille de rose, son ingé-
nieuse requête fut comprise, et l'on accepta
l'addition d'un sage dans la discrète assemblée.
Eh bien! moi, Madame, c'est une petite fleur,
au contraire, qui m'a fait déborder le cœur :
oui, vraiment, une humble pervenche!... Mais,
pour bien vous faire apprécier l'importance de
ce détail, il faudrait peut-être vous expliquer
tout d'abord par quelle étrange suite d'idées
j'ai été amené à établir une sorte de comparaison intime entre la pervenche et les jolis
yeux bleus de ma cousine Aimée. — Pourquoi
cette fleur plutôt qu'une autre, également bleue,
direz-vous? — Ah! c'est que j'ai toujours aimé
les pervenches! et que les premiers regards de
ma cousine, regards si profondément bleus,
sont venus évoquer en moi tout un passé de
doux souvenirs et de frais bouquets... Ma mère

aussi aimait tant les pervenches, et le bos-
quet de notre jardin du Berry en était si bien
émaillé!... Enfin, que vous dirai-je, Madame?
c'est un fait désormais acquis pour moi que
cette gracieuse similitude entre la charmante
fleur et ma non moins charmante cousine.

« J'aimais donc, mais presque à mon insu,
tout bas et prudemment; je me croyais le maître absolu de mon secret; mais, hélas! j'avais
compté sans la pervenche!... Un beau matin
que je venais de rencontrer ma cousine plus
gracieuse que jamais, j'eus le malheur de rencontrer aussi, fleurissant entre deux pierres,
et tout à fait en dehors de sa saison, l'une de
ces petites enchanteresses, qui me regardait
d'un air si candidement provoquant, que je n'y
tins plus! et qu'à peine en possession de la
fleur, je brûlai d'obtenir le cœur de la jeune
fille... Oui, Madame, je revins à la maison, si
ému, si hors de moi, que j'osai dire à ma cousine, et directement, ce que j'eusse dû vous
supplier de lui apprendre... Elle se montra ce
qu'elle est en toute circonstance : la dignité
même... Mais la vivacité de mes sentiments était
telle, que je crus trouver alors de la dureté
dans la miséricordieuse leçon qu'elle me fit,
et l'orgueil me conseilla de partir... La plus

5**

haute sagesse eût parlé de même, car il est
évident que, pour ma cousine, comme pour
moi, la véritable épreuve de la solidité des
sentiments que je lui ai voués, c'est l'absence.
Oui, l'effort que je dus faire pour ressaisir mes
anciennes habitudes, et me replonger dans
un milieu si différent de celui que je quittais,
pouvait seul me donner la mesure de l'impression que j'avais reçue; mais il fallait un
certain temps pour juger de sa durée. J'avais
pris un mois... et ce n'était qu'au bout de ce
terme que je devais vous écrire la lettre que
vous lisez aujourd'hui... Mais, je vous l'avoue,
Madame, je suis trop malheureux! je m'ennuie
trop! et je ne saurais attendre jusque-là le conseil
et l'appui que je vous demande!

« Ah! sans doute, je sens tout ce que ma requête a d'indiscret, et combien la responsabilité que je vous impose a droit de vous surprendre! Je n'étais qu'un inconnu dans votre
vie, il y a quelques semaines, et voilà que je
m'en réfère à vous de la conduite du plus
grand événement de la mienne!

« Eh bien! ne m'accusez pas, ce serait une
injustice; accusez plutôt votre extrême bonté,
cette confiance, cette sympathie, ce respect
tout filial que vous inspirez à première
vue.

« Souvenez-vous que je suis isolé en ce monde! jeune, inexpérimenté, orphelin,... et peut-être que votre cœur vous inclinant à me servir de mère, vous ne me refuserez point vos conseils.

« Mais ne vous y trompez pas : ce n'est point seulement mon bonheur que je mets sous votre sauvegarde, — c'est surtout celui de ma cousine Aimée, car jamais je ne me pardonnerais d'avoir entrepris de le faire, si vous m'en jugiez incapable. Or, voici la situation, en honneur et en conscience ; vous pourrez baser là-dessus la portée de vos sages méditations :

« Au moral, je me sens honnête ; j'ai de bons principes, de bonnes pensées, et toutefois d'assez mauvaises habitudes ; c'est-à-dire que j'ai mené jusqu'alors une existence inutile, vaine et désœuvrée,... sauf pourtant quelques mois de la vie de franc-tireur. Je ne suis pas un impie, un incrédule (il s'en faut), mais un fort mauvais catholique ; et comme ce détail pourrait avoir son importance à votre point de vue, comme à celui de ma cousine, la loyauté m'oblige à dire que je ne me crois pas très-susceptible d'être jamais converti ;... et pourtant, se peut-il que les respectables croyances qui sont les vôtres, qui sont celles de cet ange.... me demeurent à tout jamais étrangères ? La Vérité seule peut alimenter de telles âmes !... mais enfin, je le répète, jusqu'alors si je suis chrétien, je ne suis guère catholique !...

« Quant à la position matérielle que je pourrais offrir, elle est, hélas ! fort modique. Les exigences, ou plutôt les entraînements de la vie de garçon, m'ont amené à faire quelques brèches à ma fortune, de sorte qu'il ne me reste en ce moment qu'un revenu de dix mille livres, fourni en grande partie par cette terre du Berry que je devrai nécessairement habiter. Or, ce qui suffit à peine à un jeune homme pour mener à Paris l'existence à laquelle je suis habitué, pourrait-il alimenter une modeste installation à la campagne ? Je l'ignore, mais vous le savez, Madame ;... croyez-vous que ma cousine s'en contente ? Ah ! je ne doute pas de tout son mérite ! ce peu deviendrait entre ses mains quelque chose ; mais, moi-même, serais-je à la hauteur de ma tâche ? Et, lorsqu'il s'agira de passer de la théorie à la pratique, devrai-je toujours compter sur ma philosophie ? je me le demande avec tremblement,... car j'en ai tant vu de ces philosophes spéculatifs, qui s'évanouissaient à l'épreuve !... Oh ! je vous l'avoue, Madame, l'idée seule que ma compagne pourrait souffrir de mes lâches regrets me révolte le cœur ! plutôt que de l'y exposer, j'aimerais mieux !... La vérité toutefois m'oblige à reconnaître que je suis revenu de bien des illusions : non-seulement je n'aime plus le monde, mais tous mes souhaits appellent cette solitude où je pourrai mener enfin la vie d'un homme : elle est pour moi comme l'oasis au désert !

« Voilà ma conscience ; vous connaissez mon cœur, ses craintes et ses désirs...

« Si donc, ayant pesé toutes ces choses, vous pensez, Madame, que l'on peut se fier à moi, et que l'avenir offert à ma cousine n'est point indigne d'elle, oh ! je vous en supplie, ne tardez pas à me le dire, car je suis véritablement misérable en attendant cet arrêt !... Mais, si vous me jugez trop audacieux, incapable, en un mot, de faire son bonheur, écrivez-le-moi plus vite encore, s'il est possible ;... et souvenez-vous que chacun des instants que je passe à former ces doux rêves, augmente mon désir d'en faire au plus tôt une réalité. »

Suivaient les compliments d'usage, la signature et l'adresse ; puis le comte demandait, dans un post-scriptum, des nouvelles de l'entorse de M. Potin.

— « Eh bien ! murmura la baronne, voilà de quoi réfléchir !... Mais, je l'aurais prophétisé : le comte devait aimer sa cousine. Un homme aussi intelligent ne pouvait demeurer insensible à l'attrait de ce mérite ; mais s'ensuit-il forcé-

5***

ment que lui-même doive plaire à cette jeune
fille ? Je ne sais ; il a beaucoup vu le monde,
beaucoup senti, et peut-être déjà beaucoup
aimé ! Mon expérience me dit bien que ce sont
là, probablement, des gages de repos... Certaines femmes n'en seraient que plus fières à
la pensée de posséder un cœur que tant
d'autres se sont disputé. Cependant l'extrême innocence a ses répulsions : Aimée
est bien délicate !... Oui, mais elle est en même
temps si candide, qu'elle ignore le mal,
et ne saurait, par conséquent, s'en effaroucher
beaucoup. Allons... assez de raisonnements dans
le vide ; l'amour n'a point tant de logique...
Il est certain que si le cousin plaît à la cousine,
toutes mes objections deviennent sans valeur ;
mais là est la question... A peine pourrait-on se
permettre d'avancer que la religion elle-même
pût devenir, en pareil cas, le motif d'un refus,
car on espère toujours arriver à convertir celui
qu'on aime. Eh bien ! donc, tout compte fait, il
ne me reste plus qu'à observer soigneusement la
jeune fille, afin de me former une opinion sur
laquelle je puisse étayer ma réponse ; et puisque le comte l'attend comme un arrêt, cette
réponse, — prenons pitié d'un amoureux,
et allons commander ma voiture... Aimée
serait moins candide que je ne la suppose,

si son cœur me demeurait indéchiffrable. »

Et la baronne donnait déjà ses ordres pour partir le plus tôt possible, lorsqu'apparut tout à point, au fond de l'avenue, l'énigme qu'on allait chercher jusqu'au bourg... Aimée s'avançait escortée de Joseph portant un grand panier de pêches (car elles avaient manqué à Affléville). La Providence envoyait-elle cette enfant audevant de sa destinée ?... La baronne n'était point superstitieuse, mais elle le pensa, et se promit bien de tirer parti de l'à-propos.

— « J'ai voulu profiter de la bonne occasion, Madame, s'écria de loin la jeune fille, pour avoir le plaisir de vous apprendre moi-même que mon oncle a fait heureusement ses premiers pas.

— Ah ! tant mieux ! et vous me trouvez toute disposée à partir, pour aller aussi vous faire ma visite.

— Eh bien ! nous retournerons ensemble.

— Non pas... fit la baronne ; maintenant que j'ai des nouvelles, je préfère rester ici ; d'ailleurs, c'était vous, ma chère Aimée, que je voulais voir aujourd'hui... reprit la baronne avec une certaine gravité. » Et passant son bras sous celui de la jeune fille : — « Venez au jardin, dit-elle... et nous causerons. »

Ces quelques mots, et l'air dont ils furent prononcés, suffirent pour alarmer la pauvre

Aimée qui, ayant maintenant son petit secret dans le cœur, s'imagina tout de suite qu'on allait y toucher; mais son trouble devint bien autrement visible, lorsque la baronne, indiquant une lettre dont Aimée reconnut aussitôt les armoiries, lui dit brusquement : — Je sais maintenant pourquoi le comte est parti.

Mme d'Afféville était toujours si pleine de ménagements, que pareille dérogation à ses habitudes ne pouvait être qu'une tactique pour surprendre du premier coup la pensée de la jeune fille. Aimée le sentit et n'en devint que plus troublée; une rougeur brûlante envahit jusqu'à la racine de ses cheveux, et bientôt, ne trouvant plus d'autre abri, elle essaya d'ensevelir son visage dans ses petites mains.

La baronne la prit dans ses bras, et baisant tendrement ce qui restait découvert de ce front candide demeura quelque temps silencieuse... Mais enfin, comme les battements du jeune cœur qu'elle pressait contre le sien lui en révélaient l'état:

— « Eh bien! ma fille, dit-elle, quel mal y aurait-il donc à répondre loyalement à une aussi loyale tendresse? Lisez cette lettre, ma petite. »

La jeune fille la prit en tremblant, et Mme d'Afféville, désireuse de ménager autant que possible cette pudeur charmante, affecta de se

promener aux environs, tout en s'occupant de
cueillir un bouquet ; mais son regard perçant
surveillait Aimée, laquelle avait pris un trop
grand intérêt à sa lecture pour s'en apercevoir ;
si bien que, la longue missive terminée, la
lectrice, qui la tournait et retournait entre ses
doigts, d'un air aussi embarrassé que méditatif, entendit soudain une douce voix qui murmurait à son oreille :

— Je n'ai point trouvé de pervenche ; c'est
dommage, n'est-il pas vrai ? nous l'aurions en-
fermée dans la réponse !

Aimée tressaillit : — « Ah ! Madame, dit-elle
timidement, je consultais ma mère ; mais elle
ne m'a point encore indiqué sa volonté.

— Et vous, mon enfant, n'avez-vous point
au fond du cœur quelque chose qui plaide en
faveur du comte ?

— Je sais que je l'aime comme on aime un
cousin,... et peut-être davantage, fit Aimée en
rougissant de nouveau ; mais, je vous l'avoue,
Madame, j'aurais besoin de le connaître mieux,
pour savoir si je l'estime assez pour lui
remettre la conduite de toute ma vie ; lui-
même doute un peu de ses résolutions... et,
vous le savez, Madame, si solides qu'elles
paraissent au point de vue de la morale humaine, elles sont capables de fléchir, lorsqu'on

ne les étaie point de principes religieux.

— Vous auriez raison, ma chère, si le comte était ce qu'on appelle un impie ! mais, au contraire, il est plein de respect pour vos croyances,... et s'il ne promet point de les partager, du moins ne s'en défend-il pas absolument... D'ailleurs, se hâta d'ajouter l'habile avocate (très-certaine que personne, mieux que son client, n'était capable de plaider sa propre cause), vous m'avez témoigné tout à l'heure le désir de mieux connaître votre cousin ; rien de plus sage, mon enfant : il faudra donc me permettre de lui écrire que nous l'attendons... Soyez bien tranquille : quand je le tiendrai, sous mes yeux, en qualité de prétendant à la main de ma chère petite Aimée, il faudra bien que je le perce à jour !... vous-même alors deviendrez son juge.

— Peut-on être juge et partie ?... fit Aimée en hochant la tête... Pourtant, je ferai de mon mieux ; mais c'est en vous, Madame, que j'espère : je prierai tant le bon Dieu, afin qu'il daigne vous éclairer !... Vous disposez de la main de l'orpheline ! s'écria-t-elle, en se jetant de nouveau entre les bras de la baronne, dont les yeux roulaient de grosses larmes.

— Me voilà donc mère, et doublement... fit celle-ci d'une voix émue, puisque ces deux enfants me

confient leur destinée. Cette tâche aurait de
quoi m'épouvanter si, comme vous, ma chère,
je n'espérais les divins conseils... Seulement
prions, prions bien.... et ils ne nous manque-
ront pas. »

Mais d'autres difficultés plus prochaines occu-
paient déjà l'esprit de la baronne Julie : Mme Potin, déçue dans son ambition, pouvait devenir
une pierre d'achoppement ; il fallait donc la
tourner avec prudence, si l'on voulait éviter de
pénibles chocs. Fort heureusement, des négo-
ciations étaient entamées depuis longtemps
pour obtenir que la jeune nièce vînt passer
quelques jours à Afféville; l'accident de M. Potin en avait ajourné le succès ; mais la baronne se résolut à les reprendre le soir même.

En effet, tout ne devenait-il pas plus régu-
lier et plus facile, du moment qu'Aimée, abritée
sous un autre toit que celui de Mme Potin, échap-
perait ainsi à la jalouse clairvoyance de la mère
d'Alice, et pourrait ressaisir vis-à-vis de son
cousin et d'elle-même une liberté d'allures qui
devait favoriser leurs graves et indispensables
entrevues ?

Toutes choses ainsi réglées, au grand soulagement de la jeune fille, qui déjà s'effrayait,
non sans raison, des conflits que pouvait amener une situation aussi fausse, la baronne fit

appeler Joseph, lequel attendait patiemment le bon plaisir de la jeune nièce de son maître :

— « Je garde mademoiselle à dîner, mon ami, dit-elle ; je la reconduirai moi-même. Veuillez dire à votre maîtresse que j'ai reçu une lettre du comte de Moraigne, et qu'il m'annonce son prochain retour.

CHAPITRE XIII.

La nouvelle apportée par Joseph fut tellement agréable à Mme Potin que, pour la première fois de sa vie peut-être, elle en accueillit le messager avec une bienveillance remarquable. Immédiatement, tout reprit à ses yeux un nouvel aspect : la paix rentra au logis, Alice redevint charmante, et M. Potin lui-même, qui marchait encore difficilement, reçut la visite empressée de sa triomphante compagne.

— « Eh bien ! tout ne va pas si mal que je le craignais : mon cousin revient sous peu !... C'est la baronne qui me le fait dire par Joseph. » La pauvre femme était tout essoufflée, ayant monté l'escalier d'un pas précipité, tout à fait en dehors de ses habitudes.

— « J'en suis bien aise, dit M. Potin ; ce garçon-là me plaît fort.

— Vraiment ? fit ironiquement la cousine d'un comte si rondement qualifié... Cela se trouve à merveille, s'il doit devenir votre gendre.

— Oh ! oh ! comptez qu'il ne l'est point encore... Je l'ai bien observé, en vue de vos projets, et il pourrait se faire qu'Alice ne lui eût point autant plu que vous vous l'imaginez ;... du moins n'a-t-il pas auprès d'elle la contenance d'un amoureux.

— Vous êtes étonnant, Monsieur !... ne faudrait-il pas, pour vous convaincre, qu'il la courtisât à la façon d'un coq de village ?... Allons ! allons ! vous entendez mieux les rouages de vos machines que ceux du cœur humain... Melchior est un homme du meilleur monde, et qui, par conséquent, doit savoir qu'une jeune personne bien élevée ne s'aborde pas comme une grisette ! »

M. Potin eut un sourire mélancolique :
— « Croyez-moi, Adélaïde, en fait de sentiment, j'ai plus d'expérience que vous. L'amour vrai échappe à l'étiquette, et ramène les plus fiers sous le grand niveau de la nature. Un diplomate lui-même se laisserait percer à jour, s'il devenait amoureux... Pour en revenir à M. de Moraigne, c'est un homme d'honneur, dont le caractère paraît bon, bien que ses habitudes

6

laissent à désirer; mais c'est la faute de l'âge et de l'éducation ; il peut se réformer. Je sais que ses mœurs sont suffisamment bonnes (car vous pensez bien que je ne l'aurais pas admis sous mon toit sans m'en informer) ; et quant à sa fortune, quoique très-inférieure à celle de ma fille, je m'en contenterais encore... Mais, je vous le déclare, et vous savez si je sais tenir mes résolutions... — jamais je ne lui accorderai la main d'Alice, tant qu'il ne me sera point bien prouvé qu'il l'aime assez pour la rendre heureuse.

— Ah ! mon Dieu ! s'écria Mme Potin, dans un véritable accès de désespoir, me voilà perdue!... Je le vois, ma pauvre fille est à jamais condamnée à suivre l'ornière où je me traîne ! Elle sera bourgeoise en tout, de par son père, qui la veut ainsi à son image, comme pour mieux se venger de n'avoir pu parvenir à me faire oublier et mon sang et ma caste !... Vous voulez donc me rendre folle, Monsieur ?

— Hélas ! soupira M. Potin *in petto*, il y a longtemps que c'est chose faite.

— Croyez-vous donc que les filles nobles n'ont point d'autres exigences à contenter que celles de leur cœur ? Le devoir, Monsieur, le devoir de leur position leur crée des nécessités, leur impose des sacrifices, dont vous ignorez la rigueur !... Eh ! qu'importent l'amour et ses rêves à la femme qui considère avant tout dans le mariage l'honneur des générations !...

— Prenez garde, dit paisiblement M. Potin ; quand vous enfourchez ce dada, vous devenez par trop lyrique... L'honneur des générations, Madame, reprit-il avec gravité, est de procurer une suite d'honnêtes gens utiles à la société, et heureux, s'il est possible : car le vœu de la nature est qu'on s'aime, entendez-vous ?... Je suis loin de mépriser la noblesse, quand elle *oblige* dans le sens vertueux et dévoué du mot ; mais j'estime toutes les noblesses... celle du cœur par-dessus celle du nom ; et, comme à celle-là je prétends moi-même, il est nécessaire que je m'efforce de la sauvegarder en ceux qui devront continuer *ma caste*, pour parler votre langage. Enfin, Madame, je suis chrétien et catholique : donc le mariage ne saurait être pour moi une spéculation, mais un sacrement ! »

En prononçant ces derniers mots, M. Potin s'était levé d'un air tellement imposant, que sa femme elle-même le sentit grandir dans son estime ; quelque chose comme une lueur de vérité traversant alors son étroit cerveau, elle considéra son mari avec effarement, et durant quelques secondes silencieuses, sa tête superbe fut capable d'assez d'humilité pour se demander

avec trouble si, d'aventure, elle ne se serait
point trompée sur la valeur de cet homme...
Mais quand le cœur est fermé, l'esprit ne saurait s'ouvrir à la justice; de sorte que, Mme Potin
s'indignant presque de cette faiblesse passagère,
et surtout de l'infériorité évidente qu'elle avait
eue dans cette discussion, crut devoir se re-
trancher au plus tôt, comme toujours, dans sa
dignité. Faisant donc une grande révérence :
— « Je vous rends grâces, Monsieur, dit-elle
d'un ton précieux, pour cette leçon de caté-
chisme. » Et déjà elle ouvrait la porte, lorsque,
revenant subitement sur ses pas : — « Il est
une autre leçon que je n'ai garde d'oublier,
Monsieur, car vous ne perdez aucune occasion
de m'en rappeler les termes : « La femme sera
assujettie à son mari. » Qu'étais-je venue
chercher ici, moi?... une entente sympathique,
puisque notre fille en était l'objet; et je n'ai
trouvé que le plus dur commandement. A la
vérité, j'étais pauvre, et vous étiez riche, lorsque je consentis à vous épouser ; mais je vous le
demande, Monsieur (à vous qui faites état de
la noblesse du cœur), ne devriez-vous pas éviter
de m'en faire ressouvenir par des traitements
que vous épargneriez peut-être à une épouse
mieux dotée?

— « Oh !... fit M. Potin... ne mentez pas à

votre conscience, Adélaïde ; vous savez que je
ne mérite pas ce reproche, et que je n'ai jamais
pensé à me targuer de ma fortune auprès de
vous. Hélas ! je la méprise, au contraire, cette
fortune, depuis que je sais qu'elle n'achète
point les seules joies que j'eusse ambitionnées :
celles de l'intérieur. Quant à ce que vous appelez mon dur commandement, est-ce ma faute
si des rapports plus affectueux n'existent point
entre nous ? Je vous réponds sur le ton dont
vous me parlez, Madame, et vous n'ignorez pas
qu'avant d'en arriver à adopter ce langage,
j'avais essayé d'un autre que vous n'avez point
voulu entendre... C'est un malheur accompli !
fit-il avec accablement. — Seulement, que
voulez-vous ? maintenant qu'il ne me reste
d'autre bien que celui de l'indépendance, je
crois pouvoir en user sans scrupule, mais je
n'en abuse pas... Non, certes ! et j'ai grand soin
de vous en laisser à vous-même toute la part
qui vous revient. Quand je m'oppose à votre
volonté, c'est que l'affaire nous étant commune,
ma conscience m'en fait un devoir ; en toute
autre circonstance, Dieu m'est témoin, Madame,
que non-seulement je ne songe point à gêner
vos allures, mais encore que je suis heureux
de vous savoir satisfaite... C'est ainsi que je
suis fait, d'ailleurs : j'aime à voir tout le monde

content ; rien ne me coûte davantage que d'avoir
à faire de la peine à ceux qui m'entourent. Ne
le savez-vous pas, Adélaïde , vous qui, depuis
plus de vingt ans, êtes devenue, je ne dirai pas
la compagne... mais le témoin de ma vie ? »

Mme Potin tressaillit ; un sentiment de justice
sembla vouloir se réveiller dans son cœur ;
mais ayant levé les yeux sur son mari, elle le
vit si grave que, redoutant un accueil moins
reconnaissant qu'elle ne l'eût ambitionné pour
cette faveur insigne, elle retira définitivement
la main qu'elle avait pensé à lui tendre... et
saluant de nouveau : — « Monsieur, dit-elle, je
ne me plains pas ; je fais comme vous : je me
résigne... et de plus — j'obéis ! »

Hélas ! Mme Potin l'avait senti : quand deux
époux ont passé de longues années dans cet
état de résignation hostile, il devient presque
impossible de les rapprocher... Une muraille
s'est élevée entre eux, chaque jour y a déposé
sa pierre, et il en arrive un où ce ne sont plus
des amis, pas même des alliés, mais d'importuns
voisins qui, des deux côtés, se tiennent sur le
pied de guerre.

Alice n'avait point accueilli la nouvelle du
prochain retour de son cousin avec tout l'enthousiasme de sa mère ; cependant elle se montrait flattée d'un événement qui révélait, pensait-

elle, la toute-puissance de ses charmes : elle se remit donc à envisager l'avenir au point de vue d'un prochain mariage avec le comte. Mais, faut-il l'avouer ? elle eut de la peine à ressaisir ces brillants mirages, à la faveur desquels tout un monde de satisfactions vaniteuses paradait devant sa jeune imagination ; et plus tristement, plus fréquemment que naguère, elle soupirait : « Pauvre Maurice ! » C'est qu'en effet le neveu de tante Glossinde était arrivé tout doucement à faire son chemin dans le cœur de la jeune fille. Il était beau, gai, spirituel à desarçonner le comte lui-même, surtout auprès d'Alice, dont l'esprit léger ne s'arrêtait guère qu'aux surfaces. « Ah ! s'il était seulement un peu plus riche... et plus titré ! se disait-elle ; mais non... je ne puis pourtant pas m'en aller de résidence en résidence à la suite d'un substitut, qui est à la magistrature ce qu'un lieutenant est à l'armée !... Il nous quitte, quand l'autre arrive ; ah ! je suis sûre que cela va lui faire bien de la peine, car il paraissait si heureux du départ de mon cousin !.. Voilà la vie ! fit-elle avec un petit air de philo-sophie insouciante : le bonheur des uns fait le malheur des autres ;... mais comme je n'y puis rien, après tout, allons trouver Francine, afin qu'elle se hâte de terminer les garni-tures de ma robe bleue... J'ai remarqué que mon cousin aime beaucoup cette nuance. »

Elle ne se trompait pas : Melchior l'aimait en
effet, mais surtout dans les yeux de sa cousine
Aimée. Ah ! si Alice l'avait su, peut-être que les
actions du beau Maurice auraient subi quelque
baisse... Certaines jeunes filles recherchent ainsi
les conquêtes disputées ; mais elle était bien
loin de supposer qu'une orpheline, sans fortune,
et dont la beauté n'avait rien de très-remarqua-
ble (à son avis du moins), pût jamais devenir
son heureuse rivale auprès du comte. D'ailleurs,
elle croyait celui-ci doué au suprême degré de
cette sagesse mondaine qui enseigne à fermer
prudemment le cœur à tout ce qui pourrait
entraver la fortune ; et, dans cette conviction,
elle s'endormait en paix.

Il arriva même que, la baronne ayant très-
vivement insisté ce jour-là pour obtenir qu'Aimée
fît un petit séjour à Afféville, Alice se dit miséricordieusement : — « Allons, c'est une bonne
âme : elle aura pensé à emmener ma cousine
afin de lui épargner certains froissements inévi-
tables, en pareil cas, pour une pauvre fille qui
ne saurait prétendre à un aussi brillant mariage...
Cependant il faudra bien qu'elle soit ma demoiselle d'honneur; mais je lui ferai un beau cadeau,
et le comte aussi, sans doute : n'est-elle point
notre parente des deux côtés ? »

Elle la vit donc partir le lendemain, avec un petit air de commisération protectrice, lui promettant d'aller souvent la voir, en dépit de certains obstacles qu'elle prévoyait, et l'engagea à venir, de son côté, la trouver aussi souvent qu'elle en éprouverait l'envie. — « Ne craignez point d'être indiscrète, ajouta-t-elle étourdiment et tout bas, au moment où M. Potin, déjà en voiture, tendait la main à sa nièce (car il avait voulu la conduire à la baronne ; c'était même sa première sortie) ; — non, ne craignez pas de nous gêner : mon cousin et moi nous avons pour vous la plus grande amitié. »

Aimée frémit de cet aveuglement et des conséquences qu'il pouvait avoir par la suite. Aussitôt après le départ de M. Potin, elle fit part de ses craintes à la baronne Julie ; mais celle-ci s'en effraya beaucoup moins, et lui dit en hochant la tête :

— « Ce que je redoute, ce n'est point le désespoir d'Alice, mais c'est celui de sa mère. »

Afléville apparaissait à Aimée comme une sorte de paradis terrestre : vivre auprès de cette femme aussi bonne qu'aimable, dans l'atmosphère d'ordre et de paix si intelligemment organisée autour d'elle ! quelle bonne étape pour l'orpheline ! et comme elle bénissait la Providence de la lui avoir ménagée pour le

6*

moment précis où elle avait le plus besoin de calme, de conseils et d'appui !

— « De moi-même, disait-elle à la baronne, que puis-je... sinon prier Dieu ? Mon cousin me fait un si grand honneur, que la seule reconnaissance m'entraînerait trop loin, peut-être. J'ignore son passé ; l'expérience me manque pour le juger présentement... mais vous êtes là, et je me rassure ! Oui, ajoutait-elle avec expansion, je m'abandonne à vous, comme un pauvre petit oiseau égaré qui s'en viendrait tout droit chercher un refuge dans votre sein.

— Oh ! oh ! chère petite colombe... pensez-vous donc que tous les épouseurs sont plus ou moins de la race des oiseaux de proie ?... Soyez tranquille, j'ai pris mes sûretés : avant de vous engager plus loin avec le comte, j'aurai de précieuses données sur son caractère, ses habitudes... nous saurons enfin quel fonds on peut faire sur cet homme dont les dehors séduisants pourraient voiler un danger. A la vérité, je lui ai écrit, mais seulement quelques lignes de simple politesse, résolue que je suis à attendre, pour répondre plus sérieusement à sa lettre, celle que j'espère recevoir prochainement d'un ancien ami de mon mari. M. d'Artez est toujours, malgré son âge, de-

meuré homme du monde, et personne, mieux
que lui, ne serait en état de nous fournir les
renseignements désirés : car il vit au centre de
tous les petits commérages de salon, et avec
cela je sais que l'on peut compter sur sa prudence et sa véracité. Ainsi, vous le voyez, pour
le moment rien à faire que d'attendre notre
ligne de conduite aussi paisiblement qu'il nous
sera possible. Ah! si je pouvais vous imposer
de ne point penser... de ne point trop interroger votre cœur, surtout; cela vaudrait mieux
sans doute; mais, moi-même aurai-je la force
de ne point incliner, malgré moi, vers ce jeune
homme, si rempli de respect et d'attentions à
l'égard d'une vieille femme, qu'il m'a fait regretter encore davantage le fils que j'ai perdu!
Dieu veuille que son existence, qu'on va fouil-
ler, ne soit pas trop en désaccord avec la noble
conduite qu'il a tenue sous nos yeux! ce serait
une vraie déception... et, je vous l'avoue, l'effort
de raison qu'il me faudrait accomplir pour vous
détourner d'accepter sa main, pourrait vous
donner la mesure du profond attachement que
je vous ai voué... Cependant, je le ferais, cet
effort, n'en doutez pas, mon enfant.

— Merci, Madame, dit Aimée; en baisant
d'un air pénétré la main de la baronne; je sens
tout ce que je dois de reconnaissance à cette

maternelle protection... mais, ajouta-t-elle, avec une nuance d'embarras, en admettant que mon cousin eût quelques erreurs à se reprocher, ne pourrait-il pas se faire qu'il fût entré dans une meilleure voie, et que M. d'Artez l'ignorât?... ce serait regrettable...

— Ah! prenez garde, fit en souriant la baronne; si déjà vous lui cherchez des excuses, si vous-même devenez son avocat, la cause est entendue !

— Non pas! reprit la jeune fille en rougissant; je vous assure qu'il est certains points que je me propose d'étudier à fond. La religion, par exemple, est une question...

— Qu'il nous faut réserver pour la dernière, interrompit encore la baronne, car toutes les autres y convergent comme autant de sentiers dont nous pourrons nous guider. En effet, que M. de Moraigne ait autant d'honneur, de délicatesse et de dévoûment que je le souhaite, il ne vous restera qu'à hâter de vos vœux et de votre exemple l'événement de son retour à Dieu. Or, ma fille, quelle plus noble tâche pour une chrétienne que celle de gagner à la vérité l'âme de son mari?...

— Oh! s'écria tout d'un élan la jeune fille, que je serais heureuse de donner à Dieu mon cousin !... »

C'était un aveu dans la bouche d'Aimée; il ne pouvait d'ailleurs se produire sous une forme plus candide. Mme d'Afféville en comprit la portée et, serrant dans les siennes les petites mains tremblantes de la pauvre enfant :

— « Ma fille, dit-elle, jusqu'au reçu de la lettre de M. d'Artez, nous ne parlerons plus du comte : c'est une résolution que je prends ! Vous êtes ici chez vous : allez, venez, promenez-vous du matin au soir ; l'activité sous toutes ses formes sera votre meilleure sauvegarde, et je m'arrangerai pour que votre cœur lui-même ait bientôt d'autres soucis que ceux dont je crains pour lui l'obsession. Nous avons des pauvres et des malades, ma chère Aimée ; je vous fais mon aumônière ; et comme je ne doute pas de votre zèle, je ne veux pas douter non plus de votre raison. Le cas échéant, vous seriez capable d'un courageux sacrifice, parce qu'il vous resterait encore ce refuge que les égoïstes n'ont pas : la Charité ! »

CHAPITRE XIV.

Sous l'influence fortifiante des conseils de
Mᵐᵉ d'Afléville, Aimée parvint à se maintenir
dans un état de calme relatif, en attendant
cette lettre qui devait décider de son avenir ;
et, pendant que Mᵐᵉ Potin et sa fille s'agitaient
dans le vide, formant maints projets, édifiant
maints châteaux en Espagne, la jeune chrétienne, toujours occupée de soins utiles, ou bien
d'œuvres charitables, voyait les heures s'écouler beaucoup plus rapidement, et même plus
paisiblement qu'on ne le croirait. Elle avait
cet *appétit* du travail qui résulte de la santé
de l'âme ; chaque matin il s'éveillait en elle
avec le jour, réclamant un programme intéressant et bien rempli, dont elle s'acquittait avec
un joyeux zèle, car le devoir, qui se fait austère
et rebutant pour ceux qui le repoussent, sait
trouver, pour ses familiers, les sourires d'un
ami.

Un pauvre homme, atteint d'une maladie de
poitrine, et qui s'en allait déclinant à mesure
que les feuilles tombaient autour de sa rustique
habitation (car c'était le garde du bois voisin),

absorba surtout à son profit bien des heures de
l'orpheline. C'était un soldat qu'une blessure
reçue devant Sébastopol avait forcé de prendre
sa retraite. Mme d'Afféville lui avait offert un
modeste traitement qui, joint à la rétribution
de sa croix d'honneur, le mit en état de se marier et de vivre à l'aise. Mais la maladie était venue troubler le paisible ménage, que deux enfants animaient déjà : le garde ayant commis une
imprudence dans un incendie, bientôt une
fluxion de poitrine réduisit de telle sorte sa robuste constitution, qu'il ne resta aucun espoir
de le sauver.

C'était encore mourir au champ d'honneur;
cependant le brave homme s'écriait souvent
qu'il aurait préféré un boulet à ce long supplice
qui mettait à l'épreuve, non-seulement son
courage, mais aussi sa patience... Or, il était
mieux pourvu de l'un que de l'autre.

Mme d'Afféville s'intéressait extrêmement à
cet infortuné; mais, tout en le soulageant de
son mieux dans ses souffrances corporelles, elle
songeait surtout à l'âme de ce *dévoué*, si digne
de compter parmi les disciples du Sauveur.

— « Voyez-vous, ma chère enfant, disait-elle à
Aimée, il faut que nous arrivions à faire franchir autant de degrés que possible à cette âme,
avant qu'elle arrive à Dieu. La Vérité, c'est

l'échelle de Jacob : aidons-nous les uns les
autres à la gravir courageusement... D'ailleurs,
quel plus noble but! et même, si l'on y songeait
bien, quel plus grand devoir!... Ceux que le
hasard de la naissance a placés plus loin que
nous de la lumière, n'ont-ils pas le droit d'espérer que nous la leur apporterons?... puisque la
Foi est un flambeau, et que Dieu nous l'a remis
entre les mains, éclairons nos frères! »

A ces chaleureuses paroles, Aimée, palpitante
de zèle, s'en allait pleine de joie à la tâche qui
lui était assignée. Aussi, comme on l'attendait!
et combien son arrivée apportait de consolations
au chevet du pauvre malade, lorsque, le sourire
aux lèvres, elle retirait lentement de leur
enveloppe les surprises de sa charité! C'était
une légère collation qu'elle étendait sur une
blanche serviette : le cordial étincelait à travers
les facettes d'un beau flacon : de mignonnes
soucoupes, aux vives peintures, contenaient
l'aile de volaille, le beau fruit ou la gelée appé-
tissante;... et pendant que le malade goûtait à
toutes ces gâteries, Aimée disposait sous ses
yeux quelques fleurs rares dans les vases qui
accompagnaient, sur la cheminée, une petite
statue de la Vierge, qu'elle avait apportée une
autre fois...

Il ne faut pas croire que les gens simples, aux

habitudes primitives, demeurent indifférents à ces gracieuses attentions; ils en jouissent, au contraire, avec une fraîcheur de sensations dont nous n'avons pas l'idée : rien que cette recherche des détails suffirait à les rendre heureux; ils sont là, naïvement admiratifs de toutes ces belles choses qu'ils manient avec respect, comme de grands enfants qu'ils sont. J'en ai connu, et surtout des poitrinaires, en qui se développait tout à coup le sens des élégances les plus raffinées : une jeune ouvrière presque agonisante demandait de jolis gants brodés pour sa première sortie... Un garçon de dix-huit ans voulait bien prier, mais dans un beau livre doré sur tranches, plein de gravures, et surtout à fermoirs !... N'est-il pas bien doux, en effet, d'accorder à ces victimes dévouées à une mort prochaine quelques sourires de la vie qu'ils vont quitter ? Rien de trop beau pour celui qui bientôt contemplera les splendeurs divines... et d'ailleurs, en ce pauvre que vous servez, ne voyez-vous pas Jésus-Christ ?...

Aimée n'en doutait point ; aussi offrait-elle à ses chers malades, avec tous les trésors de son cœur, toutes les grâces de son esprit, le don complet d'une nature de laquelle ils savaient fort bien reconnaître la supériorité, et qui, en excitant leur reconnaissance, les disposait à

recevoir d'elle la direction que, réduits à eux-
mêmes, ils eussent cherché en aveugles.

Le garde subissait d'autant plus aisément
cette influence, que la vie militaire l'ayant,
pour ainsi dire, dégrossi, il comprenait mieux
les choses de l'intelligence. Cependant le séjour
des grandes villes et les voyages lointains ne
sont pas toujours des agents civilisateurs, il
s'en faut ; et la bonne volonté de la jeune fille
rencontra des entraves qu'un simple paysan ne
lui eût peut-être point opposées. C'étaient ces
lieux communs d'une impiété vaniteuse, dont
les ignorants se régalent, faute de mieux, et
qu'ils récoltent avidement au passage... car il
faut nourrir son âme, bien ou mal, après tout,
quand on est homme !

La jeune fille ne se découragea point, et se
mit à démolir patiemment le petit échafaudage,
fort mal cimenté du reste, de la science du
soldat. Ce fut un siége bien différent de celui
qui lui avait valu sa blessure : car, au lieu de
solides murailles à l'épreuve de la sape et du
boulet, Aimée ne rencontrait que de simples
paravents chinois ; et à mesure que les préjugés
tombaient, la lumière pénétrait dans la place :
le malade, sachant bien que ses jours étaient
comptés, se rattachait aux espérances chrétiennes, comme un noyé à la branche qu'on lui tend.

Toute son énergie, toute sa volonté se concentraient sur ce point unique. Aimée se vit parfois obligée de modérer une ardeur qui dépassait de beaucoup les forces du malade.

— « Je veux savoir ce qui m'attend là-bas, disait-il ; c'est si bon de penser que tout n'est pas fini pour moi, et qu'il me reste encore une vie !... Allons, Mademoiselle, un Evangile, s'il vous plaît, afin que je puisse y songer cette nuit, pendant que les autres dormiront. C'est étonnant combien il me vient d'idées et de belles prières à moi tout seul, quand on ne bouge plus dans la maison... Quelquefois il me semble que des anges me les soufflent... si bien que la nuit dernière, après avoir longtemps réfléchi à tout cela, je me suis endormi, et que j'en ai vu un en rêve... oui, j'en ai vu plusieurs qui se tenaient autour de mon lit, leurs grandes ailes repliées... mais vous allez rire, peut-être?... celui que j'aimais le mieux, entre tous, vous ressemblait tout à fait, et je voyais ses beaux yeux, bleus comme les vôtres, qui me regardaient absolument comme vous faites quand je souffre et que je me plains. »

Aimée souriait en rougissant, mais son cœur, inondé d'une joie profonde, renvoyait à Dieu cet hommage touchant.

Enfin M. d'Artez répondit à la baronne : sa

lettre était longue et détaillée ; mais Aimée n'en connut que la substance : sa prudente compagne ayant pensé que certains alinéas, dont la teneur n'avait rien d'effrayant pour une personne expérimentée, alarmeraient peut-être la candeur d'une jeune fille.

En résumé, Melchior de Moraigne, orphelin, et par conséquent maître de bonne heure de ses actes et de sa fortune, n'en avait point trop abusé. Son honneur était intact, sa réputation, bien établi ; enfin, son noble caractère, son esprit aimable et original lui avaient conquis de si hautes sympathies, que M. d'Artez ne doutait point de son avenir, et ajoutait que quand il plairait au comte de prendre femme, les plus honorables familles du faubourg Saint-Germain ne lui refuseraient point une héritière.

Avons-nous besoin de dire que cette épître fut la bienvenue ? Aimée qui, chaque jour, abritée sous le rideau de sa chambre, épiait le facteur, entendit enfin monter Mme d'Afféville... Elle écouta palpitante le compte-rendu légèrement écourté, des faits et gestes de son cousin : puis, concluant de l'air heureux de la baronne, que celle-ci en était elle-même satisfaite, un gros soupir de soulagement s'échappa de ses lèvres.

— « Lui écrirai-je que nous l'attendons, mon enfant ?

—Oui,... » dit Aimée, incapable d'ajouter un seul mot, tandis que la baronne, empressée d'envoyer cette bonne nouvelle à son favori, s'en allait aussitôt pour s'acquitter de son agréable tâche.

Comme la pensée de ce petit livre est surtout contenue dans la lettre qui va suivre, je prie le lecteur bienveillant qui m'a suivi jusque-là, de la lire attentivement.

« MON CHER COMTE,

« Je ne vous cacherai point que la confiance dont m'avait investie une orpheline, m'ayant fait un devoir d'éclairer ma responsabilité, j'ai dû attendre, pour vous répondre, des renseignements sur votre passé.

« Grâces à Dieu ! ils sont tels que je puisse enfin me livrer à tout l'intérêt que je vous porte ; et, bien que j'y relève des erreurs de jeunesse, ma conscience croit pouvoir répondre de la vôtre, jeune homme. S'il dépend de moi de vous obtenir la main de votre cousine, comptez que je m'y emploierai de tout mon cœur !

« Ne soyez point étonné d'une partialité que la connaissance plus approfondie de votre caractère justifiera plus tard, je l'espère : car vous avez à mes yeux ce qui manque à la plupart des hommes de notre temps : la générosité ! Oui, cette noble disposition de l'âme qui accompagne toujours un bon cœur, et qui seule nous rend capables du dévoûment quotidien sur lequel repose tout le bonheur de la vie à deux. Je ne sais si j'ai tort ou raison, mais instinctivement je ne me défie que des égoïstes. Je me dis que celui qui, généreusement, je pourrais même ajouter — sagement — vient choisir une jeune fille pauvre, parce que, l'estimant ce qu'elle vaut, il la juge digne de tout son amour et de tout son respect, ne saurait la rendre malheureuse !

« Je suppose en cet homme, outre la sympathie honorable qui l'incline vers une créature d'élite, une logique bien supérieure aux étroits calculs de l'intérêt.

« En effet, que recherche-t-on dans l'association de deux destinées ? La plus grande somme de bonheur et de prospérité qu'elle puisse fournir, non-seulement aux individus, mais à la famille de l'avenir. Eh bien ! mon cher ami, en choisissant pour compagne la jeune fille dont le mérite, la vertu, l'ordre et l'économie assurent tout à la fois votre bonheur et votre sécurité, vous faites avant tout acte de raison.

« Une fille richement dotée, mais dépourvue de ces qualités inestimables, ne pourrait certainement vous offrir les mêmes garanties de bien-être intérieur que votre cousine, dont le zèle intelligent et le goût parfait sauront toujours tirer du peu que vous lui remettrez entre les mains tout le fruit, tout l'effet qu'on en peut attendre. Votre maison, si modeste qu'elle soit, demeurera confortable et élégante, et le cachet de noble simplicité qui, à proprement parler, est celui de votre cousine Aimée, marquera chacun des détails qui ressortiront de son petit gouvernement.

« Elle sera pour vous l'aide aimable et dévouée dont le concours est d'autant plus précieux, qu'il se produit en silence et sans aucune ostentation ; car, vous l'avez peut-être remarqué, autant les esprits vulgaires éprouvent le besoin de faire valoir les bons offices qu'ils nous rendent, autant les âmes élevées nous les offrent avec simplicité, et comme un naturel exercice de leurs facultés aimantes.

« Aimée vous fera donc tout à la fois honneur et profit comme maîtresse de maison ; et le trésor d'économie et de bonne administration qu'elle apportera dans la communauté,

pourrait bien représenter, avec le temps, un
important capital. Cette dot, qui, du fait d'une
autre femme moins sensée, deviendrait pour
vous une cause de tourments, en vous obligeant
à une existence pleine de bruit et de fatigues,
vous la verrez remplacée, au sein de l'ordre et
de la paix, par l'épargne sagement entendue
de votre prudente compagne... et enfin, et
surtout, vous serez heureux ! oui, heureux, en dépit des misères de cette vie, car
rien ne vaut ici-bas le bonheur d'une tendre
union ! — c'est la joie quotidienne, la douce
compagnie, le refuge et la consolation, tout du
long du chemin !...et quand la mort arrive, ne
croyez pas qu'elle ait le pouvoir de nous priver
absolument de ces biens : non, je puis en témoigner peut-être ! — Le souvenir du bonheur passé, doux encore à l'âme chrétienne,
se transforme et devient une sainte espérance.

« Aussi, mon cher enfant, sans plus nous inquiéter de ces aphorismes prudents, qui vou-
draient faire du mariage une question d'arithmétique, mettons au-dessus de tous les devoirs,
celui d'estimer la compagne de notre vie ;... au-
dessus de tous les besoins, celui de l'aimer ;...
et puisque ce bas monde est la figure du Divin
Royaume : « Cherchons d'abord cette justice,

et tout le reste nous sera donné par sur-
croît. » J'ai souvent pensé que le positivisme le
plus raffiné, en fait de jouissances, devrait rai-
sonner de la sorte.

« Quant à votre résolution d'aller habiter votre terre du Berry, je ne puis que l'approuver,
tout en regrettant la distance qui va nous sé-
parer. Là seulement, vous trouverez cette
existence abondante et digne, que l'insuffisance
de votre revenu ne pourrait vous procurer ailleurs. Oui, dans cette noble demeure de vos an-
cêtres, vous pourrez vous établir largement, et
les dix mille livres qui vous restent seront une
fortune au sein de cette vie rustique qui nous livre gratuitement ce qu'il faut payer si cher à la
ville : verger, potager, vivier, colombier, pou-
lailler... pourvoiront à votre table, tandis que
flamberont joyeusement dans votre foyer les bû-
ches de votre bois. Croyez-moi, mon ami, les plus
riches mènent à Paris une existence mesquine,
comparée à celle du gentilhomme campagnard,
vivant de son bien au soleil, dans ce milieu salutaire où les forces du corps se retrempent
chaque jour ; l'âme elle-même s'y dilate dans
un favorable recueillement. Votre femme, bien
loin de vous être onéreuse, saura tirer de son
petit héritage et d'elle-même de quoi vous faire
honneur en toutes circonstances; elle a ce que le

6**

luxe ne saurait donner : la distinction ; et ses
doigts manieront l'aiguille avec une habileté
que son bon goût rend doublement précieuse.
Avec elle vous serez donc à l'abri de ces en-
nuyeuses discussions que le chapitre de la toilette ramène trop souvent sur le tapis conjugal... Je vous conseille même de lui laisser la
libre disposition de son bien ; et vous verrez
qu'un jour, en dépit de l'exiguïté de ses ressources, et bien qu'elle se soit fait un devoir de
paraître toujours honorablement et gracieusement vêtue, la mère de famille aura trouvé le
secret de réaliser, sans bruit, quelques petites
économies sur sa toilette, au profit de ses
enfants.... Ses enfants, ai-je dit... Ah !
mon cher ami, voilà le chapitre que je
n'ose aborder, dans la crainte d'en trop dire !
C'est surtout à ce point de vue que j'aurais à vous féliciter d'avoir choisi une femme
raisonnable ; car, à bien considérer les jeunes
mères de notre temps, ne croirait-on pas que
les enfants ne sont pour elles qu'une fâcheuse
nécessité, ou bien de gracieux jouets ?... Pauvres petites créatures qu'on n'élève plus, mais
qu'on laisse pousser bien ou mal, et qui n'ont
le plus souvent dans la maison paternelle d'autre rôle que celui d'êtres malfaisants... Enfants sans respect et sans frein, enfants terribles !

dit-on. Oh ! oui, terribles, et même effrayants pour l'avenir des générations !... la plus grande faute de notre siècle enfin ! croyez-moi...

« Dernièrement, une bonne vieille domestique, témoin désolée de l'étrange façon dont on se comporte maintenant avec la jeunesse, s'écriait : « Mais on devrait faire des prières publiques pour obtenir aux parents les grâces qui leur sont nécessaires pour mieux élever leurs enfants ! » Hélas ! elle avait raison : de toutes nos nécessités, celle-là pourrait bien être considérée comme la plus urgente.

« Mais je m'écarte trop, et je reviens à vous. Il faut que vous vous attendiez à avoir à faire bien des sacrifices, surtout dans les premières années, où de nouvelles habitudes à prendre devront lutter courageusement contre d'anciennes trop bien prises. Ce prestigieux horizon parisien ; cette vie, où l'art et l'intelligence se font une si large place ; la jeunesse et ses plaisirs ; la vanité et ses entraînements... il vous faudra brusquement remplacer tout cela par une vie calme et ordonnée, dont chacun des jours s'écoulera dans l'ombre.... c'est doux, mais c'est grave !... et si, par hasard, vous vous décidiez à y échapper pour quelques semaines, en vous octroyant une petite excursion dans la capitale, l'économie commanderait inévitablement le programme, et le brillant comte de jadis se verrait réduit à jouir le plus modestement du monde des distractions qu'il serait venu cher- cher.

« Voilà ce qu'il faut peser avant de vous engager davantage : car, souvenez-vous-en, votre cousine Aimée serait bien à plaindre, si jamais elle s'apercevait que vous souffrez à ses côtés...

« En un mot, voulez-vous être un homme de plaisir, ou bien un homme de devoir ?... vous sentez-vous de force à tenir vos résolutions, et de nature à être heureux dans le vrai ?... Je soumets ces questions au tribunal de votre conscience, et, suivant son arrêt, j'attendrai, soit une lettre, soit le fiancé d'Aimée.

« Maintenant, écoutez-moi bien, mon cher enfant ; ces conseils, si dévoués qu'ils soient, sont des conseils d'aveugle... mais, puisque vous croyez en Dieu, invoquez donc sa Provi- dence ! Elle seule est capable de vous diriger sûrement dans la voie que vous devez suivre pour votre plus grand bien et pour celui de votre cousine. Si je connaissais un meilleur avis, je vous le donnerais, n'en doutez pas ; mais l'expérience de toute ma vie m'ayant enseigné que là où nos propres lumières deviennent insuffisantes, il nous faut remettre le gouvernail à Celui qui dispose de nos destinées, souffrez que je vous laisse sous cette incomparable et toute-puissante direction.

« Votre amie dévouée,

« Julie D'AFFLÉVILLE. »

———

CHAPITRE XV.

Il est cinq heures : le soleil descend à l'horizon, et ses rayons obliques semblent chargés de revêtir d'une splendeur solennelle la dernière scène d'une vie qui s'éteint.

Le garde se sentait mourir ; le matin même, le bon Curé du bourg lui avait apporté le Viatique, et c'était Aimée qui, le cœur profondément ému, avait disposé la petite chapelle qui devait abriter la sainte Hostie. Puis, cet office angélique terminé, elle avait laissé le chrétien à son action de grâces, promettant de revenir dans le courant de l'après-midi.

Mais les heures s'écoulaient, le pauvre homme avait déjà éprouvé quelques évanouissements, son pouls baissait avec une rapidité évidente, et... Aimée ne paraissait pas. Il s'en désolait, ignorant que, durant cette épreuve où les angoisses de la mort apparaissaient si prochaines à son esprit épouvanté, le cœur de la jeune fille battait de joie et d'espérance... On n'a pas impunément vingt ans... Ah! sans doute, la compatissante Aimée s'était affligée de l'état douloureux de son cher malade ; la cérémonie du matin l'avait profondément remuée ; mais, que voulez-vous ? — Le facteur était venu, apportant une lettre qui annonçait, pour le jour même, l'arrivée de son cousin ; et Aimée, qui espérait sa visite, avait remis à un peu plus tard celle qu'elle avait promise au mourant.

Cependant, un petit messager lui étant enfin député de la part du garde, la jeune chrétienne se sentit incapable de résister à cette suprême invitation, et prenant à la hâte son capuchon, se résolut à partir sur-le-champ.

— « Mais, si le comte arrive, dit Mme d'Afflèville, qui voulait l'éprouver, maintenant qu'il nous a prévenues, que lui dirai-je de votre part ? »

Aimée rougit. — « Vous lui direz que des jours et des années nous restent, tandis que ce mourant n'a plus à disposer que de quelques heures. » Et, d'un pas rapide, elle s'éloigna, devançant le petit messager, et murmurant les

Ave de son chapelet, pour l'âme qui allait paraître devant Dieu.

Elle trouva le garde, qu'une sorte de fièvre sembla ranimer momentanément, dressé sur ses oreillers, les yeux brillants, les pommettes rougissantes ; il l'accueillit avec un soupir de soulagement, et tendit vers elle sa main tremblante et décharnée.

— « Oh ! j'avais si peur de mourir sans vous revoir ! dit-il ; mais vous voilà ; Dieu ne m'a donc pas abandonné !... Là, je vais me reposer un peu, puis, plus tard, je ferai ce qui me reste à faire.

— Eh ! quoi donc ? dit Aimée... n'êtes-vous pas en paix ?... n'avez-vous pas reçu la visite du Seigneur ?...

— Je sais ce que je veux dire, » fit-il avec une gravité solennelle...

Aimée n'insista plus ; et, continuant d'égrener son chapelet, elle se mit à contempler cette tête souffrante qui lui rappelait celle du Christ ; un rayon de soleil couchant la couronnait alors d'une sorte d'auréole.

La femme du malade tricotait un peu plus loin, laissant tomber de temps en temps une grosse larme sur le bas qui s'allongeait sous ses doigts ; car, pour les simples et rudes gens de la campagne, la mort même n'interrompt point lo labour. Les enfants jouaient devant la porte, et parfois, malgré leurs promesses, ils élevaient un peu la voix ; cependant ils ne riaient point comme à l'ordinaire, car l'aîné, comprenant quelque chose du triste événement qui se préparait, obligeait le plus petit à réprimer sa gaîté.

Tout à coup on entendit un hurlement lamentable : c'était le chien du garde qui, comme on dit au village, hurlait à la mort... et le pauvre homme tressaillit.

— « Paix ! Castor, dit l'enfant, pendant que sa mère se levait pour gourmander aussi le chien.

— Laisse-le faire, Catherine, fit le garde : n'est-il pas bien juste qu'il pleure son maître ?... Ma feuille de route est signée ;... je m'en vais grand train, vois-tu : je le sens... Appelle les enfants, et détache le chien... je veux vous voir tous autour de moi ! »

La femme obéit. Bientôt les petits rentrèrent, et, sur un signe d'Aimée, se blottirent auprès d'elle, pendant que le chien, se dressant devant le lit, attachait sur son maître un regard si profondément triste, qu'il en était presque humain.

Le garde fit un effort, et soutenu par sa femme, il se releva péniblement pour embrasser ce tableau. — « Adieu ! mes petits, dit-il ; aimez bien votre maman, obéissez-lui en tout, et priez le bon Dieu pour moi. Plus tard, quand vous serez grands, souvenez-vous que votre père était un honnête homme et un bon Français... tâchez de lui ressembler... » Les enfants pleuraient ; la mère, n'y pouvant tenir, laissa partir un gros sanglot. — « Courage ! Catherine, nous nous reverrons là-haut ! Fais ton devoir en attendant, ma brave femme : les bonnes gens t'aideront... et moi aussi, si Dieu m'écoute ;... mais ne m'affaiblis pas comme cela... Je vous l'ai dit, j'ai quelque chose à faire, qui ne peut plus se remettre... et, éloignant les enfants, il fit signe à Aimée de s'approcher.

— Mademoiselle, dit-il alors avec une incroyable dignité, après Notre-Seigneur, c'est vous qui avez sauvé mon âme ! et je vous dois de mourir comme j'ai vécu : sans peur ! J'étais un pauvre ignorant, et vous m'avez instruit de tout ce qui fait maintenant mon espérance ; il est donc juste que je vous paie de tant de peine, à votre façon, et autant que j'en suis capable... Pour cela, je vais vous dire une prière que vous m'avez apprise et expliquée...ce sera mon adieu, l'adieu que je veux vous faire avant de quitter ce monde, afin de vous laisser un bon souvenir de moi. »

Alors, joignant ses longues mains transparentes à force de maigreur, et attachant sur la jeune fille un regard profond et inspiré, il se mit à réciter lentement son *Credo*... [1].

Quelle scène !... et quelle admirable délicatesse de sentiment dans l'acte de ce chrétien, transformant ainsi sa formule de foi en action de grâces !... Aimée contemplait cette face auguste dont les traits animés, allongés, semblaient déjà se transfigurer dans la mort, pour une prochaine glorification...

Les larmes de la jeune fille s'étaient arrêtées avec les palpitations de son cœur, pour mieux recueillir cet adieu suprême : elle était donc là, debout, en face du mourant, plongeant ses beaux yeux dans ces regards ardents qui bientôt allaient s'éteindre... lorsqu'elle sentit tout à coup la douce étreinte d'une main qui l'invitait à regarder en arrière. C'était la baronne... Arrivée là sans bruit, elle s'était glissée à pas discrets jusqu'auprès de la jeune fille, sans que celle-ci, absorbée complétement par l'émouvant tableau qu'elle avait sous les yeux, songeât seulement à s'en apercevoir...

Aimée obéit et se retourna doucement, tout en achevant par un signe de croix le symbole

1. Cette scène n'est point inventée.

du mourant ;... mais un homme agenouillé, et
dont le front superbe s'inclinait sous un rayon
de soleil, répéta après elle ce signe sacré...
C'était le comte Melchior qui, arrivé à Afléville
aussitôt après le départ d'Aimée, avait été
amené jusque-là par une bonne inspiration de
la baronne... c'est-à-dire que la Providence l'y
avait conduit juste à point pour que l'âme de
la jeune chrétienne fût réjouie en même temps
par deux actes de foi, récompense divine d'une
œuvre vraiment céleste : c'est ainsi que Dieu
s'acquitte envers nous !

Le moribond (car une sorte de râle, pré-
curseur de l'agonie, sifflait déjà dans sa poitrine) avait suivi le mouvement d'Aimée. —
« Quel est cet homme ? » lui dit-il en désignant
le comte...

La jeune fille avait pâli d'émotion ; mais
bientôt un radieux sourire se dessina sur ses
lèvres, pendant que ses yeux bleus rayonnaient
sur Melchior... Elle lui tendit la main, et le
présentant au mourant :

— « C'est mon cousin, et... mon fiancé, »
dit-elle.

Et moi, que pourrai-je ajouter à cette suprême parole ?... Le lecteur veut-il savoir qu'au
bout de quelques instants, l'agonie se prononçant enfin de façon à ce qu'on n'en pût douter,

Melchior, qui voulait éloigner la jeune fille de ce lugubre tableau, dit avec une douce autorité :

— « Et maintenant, il faut venir, ma cousine. »

Aimée prit le bras qu'il lui offrait, et la baronne suivit à distance, fort occupée de causer avec la femme de son fermier, qui s'en revenait aussi, après avoir installé une religieuse du bourg auprès de celle qui bientôt allait être veuve.

La soirée était belle et calme, le jour baissait et la lune montait à l'horizon. Recueillis dans le sentiment de leur bonheur, les jeunes gens marchaient silencieux... Cependant Melchior se pencha à l'oreille d'Aimée et murmura doucement :

— « Les pervenches seront bientôt en boutons, ma cousine ; vous savez qu'elles refleurissent avant l'hiver : n'irons-nous pas ensemble dans notre jardin du Berry ?

— Peut-être... fit la jeune fille, comme elle aurait dit : — Certainement ! »

ÉPILOGUE.

Mme Potin, atteinte dans ce qu'elle avait de plus sensible, son orgueil, vit s'accomplir avec une sorte de stupeur l'union de sa nièce avec le comte de Moraigne. Son mari, qui avait à un si haut point le sens de tous les devoirs, aurait désiré que le mariage de sa pupille fût célébré avec toute la solennité qu'il eût pu donner à celui de sa propre fille ; mais Aimée, objectant son deuil, n'accepta qu'une simple réunion de famille, du milieu de laquelle les jeunes époux s'envolèrent pour le Berry.

Maurice de Biéville, choisi par Alice comme garçon d'honneur, fut tellement heureux de cette préférence, que, commençant à mieux espérer de l'avenir, il tenta de se poser dans un jour plus favorable aux regards de Mme Potin. Mais il semblait que la mère d'Alice fût devenue subitement insensible : morne et froide, elle assistait en véritable automate à ce qui se passait autour d'elle, et les empressements du jeune homme furent perdus...

Le surlendemain du mariage, une petite fièvre lente la prit, et bientôt cette femme, jusque-là si énergique, que la maladie même semblait n'avoir point de prise sur sa robuste nature, fut obligée de se mettre au lit.

Alice voulait la soigner, et véritablement elle l'eût fait de grand cœur, car elle devinait avec quel déchirement cette mère avait vu s'écrouler toutes ses espérances ; mais Mme Potin avait la douleur sauvage : sans aigreur, mais aussi sans appel, elle sut abréger les visites de sa fille et de son mari, pour s'envelopper tout entière dans son orgueilleuse solitude. La baronne elle-même ne parvint que rarement à s'asseoir au chevet de la malade, et toute tentative d'effusion ou de consolation, de sa part, se vit repoussée avec une inexorable sécheresse. Cet état dura six semaines, au bout desquelles la convalescente sortit de sa chambre, mais avec un regret évident, et pour obéir, par un reste d'habitude, à ce qu'elle appelait les *convenances*.

— Assez de Mme Potin, dira-t-on ;... parlez-nous de la jeune comtesse de Moraigne... Fut-elle heureuse dans son château du Berry ?...

Cher lecteur, je m'étais promis de laisser à votre imagination toute la suite de cette histoire... j'avais trouvé cet ingénieux moyen de la terminer au goût de chacun ;... mais, puisque vous m'avez accompagné jusqu'ici avec tant de courtoisie, j'aurais bien mauvaise grâce à vous refuser quelques détails complémentaires, et je m'exécute.

Aimée fut aussi heureuse qu'on peut l'être en ce monde, n'en doutez point,... d'abord parce qu'elle avait en elle-même, et qu'elle répandait sur tout son entourage, la *paix*..., ce don céleste promis à toute âme de bonne volonté...

Elle le fut, parce qu'elle aimait non-seulement pour le temps (qui est trop court), mais pour l'éternité, cet époux qu'elle conduisait à Dieu avec une si douce et puissante tendresse....

Elle le fut encore, malgré les épreuves et les souffrances de la vie, parce qu'elle comptait sur la Providence, qui ne lui manqua point...

Elle le fut, enfin, en raison de son dévoûment, parce qu'il faut sortir de soi pour être heureux !...

Mais elle le fut à Affléville, et non pas dans son château du Berry ;... car la baronne Julie, ayant une fois goûté de l'aimable compagnie de ce jeune homme et de cette jeune femme, ne voulut plus s'en passer.

Ils étaient revenus auprès d'elle pour y séjourner quelques mois d'hiver, attendant sous cet affectueux abri qu'une saison plus propice vînt permettre de faire à leur vieux manoir les

réparations les plus urgentes ; mais, le prin-
temps venu, la baronne fut saisie d'un si grand
chagrin à la seule pensée de quitter ceux qu'elle
appelait déjà ses enfants !... elle les supplia avec
des expressions si tendres et si touchantes de
ne point l'abandonner, que le comte, ému des
mêmes regrets, et cédant à la même émotion,
lui mit pour toute réponse Aimée dans les
bras.

Ah ! qu'elle fut heureuse, la baronne ! le jour
où, escortée de M. Potin, son compère, elle
s'en fut pour être marraine d'un beau garçon !
Le nouveau-né apportait à sa mère, parmi les
dragées du baptême, le superbe domaine d'Affléville,... car la veuve, n'ayant que des parents
éloignés et fort riches, pouvait disposer sans
remords d'un bien dont elle avait d'ailleurs largement indemnisé les héritiers de son mari.

Le comte a pris au sérieux son nouveau rôle
d'homme utile et pratique ; il aide fort intelligemment la baronne dans l'administration de
sa fortune ; le bourg l'a choisi pour maire, et
le bourg s'en trouve fort bien.

Quant à M. Potin, lui aussi connaît enfin le
bonheur ! car Alice est devenue une bonne fille ;
et maintenant qu'elle apprécie ce que vaut une
affection vraie, elle ne regarde plus de si haut
le pauvre Maurice de Biéville.... Que dirait

Mme Potin, si elle apprenait que celui-ci, dans sa reconnaissance, songe à abandonner sa carrière de magistrat pour devenir, tout à la fois, le gendre et l'associé de M. Potin !...

C'est le comte Melchior qui a donné à Maurice cette bonne idée ; tante Glossinde l'approuve, et M. Potin, qui la voit poindre avec une inexprimable satisfaction, remercie le bon Dieu.

Henri DE CROIZY.

POITIERS.— TYP. DE H. OUDIN FRÈRES.

www.ingramcontent.com/pod-product-compliance
Lightning Source LLC
Chambersburg PA
CBHW061454030726
47503CB00005B/1705